転生錬金術師が契約夫を探したら、王子様が釣れました

カーティス・ウェストン
ウェストン公爵。外交部の若きホープ。
ロゥロゥ
アイラの同僚。性別以外はすべて不明。
アイラ・ジェーンズ・リンステッド
ジェーンズ子爵令嬢。錬金省の有能な宮廷錬金術師。仕事中毒で、自由に研究をするためにノアとの契約結婚を決める。実は転生者であり、前世の記憶が錬金術の研究にも役立っている。
ジュディ・ミリガン
アイラの友人で同僚。玉の輿を狙っていて恋愛ゴシップに詳しい。
Characters

エルザ・ラウシェンバッハ
・リンステッド
リンステッド王国王太子の妃でアイラの義姉。
ユージン・レイノルズ
レイノルズ公爵。宮廷錬金術師師長でノアの幼馴染。
ノア・ファビウス・
リンステッド
リンステッド王国第二王子にしてアイラの契約結婚相手。文武ともに優秀で各省からの信頼も厚く、現在は宰相の補佐官を務めている。
ニケ
錬金省で事務員を務めるケット・シー。アイラたちの癒やしの存在。

転生錬金術師が契約夫を探したら、王子様が釣れました

Contents

プロローグ

雲一つない青空の日。リンステッド王国王都にある大聖堂では、祝福の鐘の音が鳴り響く。

吹き抜けの天井からはやわらかな陽光が降り注ぎ、今日の主役である花嫁――アイラ・ジェーンズを輝かせた。

彼女は子爵令嬢という身分でありながら、錬金省の主任錬金術師として国家の中枢を担っている。普段は白衣に身を包み、仕事に熱中しすぎて化粧っ気のないアイラだが、今日は違う。

艶やかな純白の絹のドレスには、国一番刺繍が得意な淑女たるアイラの母によって金糸で荘厳な花々の刺繍が施され、至高の一品とも頷かせる美しさをたたえていた。それを纏うアイラも決して見劣りせず、ミルク色の肌を飾り立てている。繊細なレースのベールに透けて見えるアイラの顔は、十九歳という少女らしい可愛《かわい》らしさと、ほのかな女性の色香が共存していた。瑞々しい唇には薄桃色の紅が塗られ、幸せそうに弧を描く。

「花嫁よ、こちらへ」

大神官の威厳をたたえた声と同時に、涼やかなメロディーを楽団が奏でる。

アイラは父の腕に手を添えると、参列者たちの間を通るように一直線に敷かれた真っ赤な絨毯をゆっくりと歩く。父がうっすらと涙を浮かべ、少し離れた席に座る母と兄と弟も、泣いてたり笑ってたりして、アイラを祝福しているのが分かる。

絨毯の先、女神像の前には大神官と花婿が待ち構えていた。花婿は透き通る金髪に、優しげなエメラルドの瞳を持つ美貌の青年で、蕩《とろ》けるような笑みを浮かべて、父に代わってアイラの手を取った。

――誰もが憧れる物語のような祝福された結婚！


と家族や参列者、そして大神官まで思う中、アイラは内心でこう思っていた。

(肩こるし、裾の長いドレスは動きにくいし、何より緊張する！　早く仕事に戻りたいわ)

若いご令嬢たちからの恨みと嫉妬の視線がグサグサと突き刺さるのを鬱陶しく思いながら、アイラは花婿のご尊顔を見る……が、特に何も感じず、アイラはベールで隠れているのを良いことにジトッとした目を向けた。

(契約結婚なのに、なんでこんなお姫様みたいな盛大な結婚式を挙げないといけないの。……まあ本当の理由は分かっているけど。ちょっとぐらい現実逃避したいというか)

家族席には、貴族でありながらもちょっと庶民的なアイラの家族の他に、花婿の家族もいる。煌びやかな衣装に、深い歴史と計り知れないお値段がつく王冠を戴く王様。そして、同じく豪華な王太子、隣国の姫たる王太子妃……錚々《そうそう》たる顔ぶれだ。

(……親戚付き合いは最低限でいいって言っていたけど、国王が舅で、王太子が義兄で、王太子妃が義姉とか……異次元すぎて逆に笑えるっていうか)

アイラの結婚相手であるノア・ファビウス・リンステッドは、本来ならば遠い世界にお住まいの尊き第二王子様。顔良し、性格良し、家柄良し、ついでに財力も将来性もありという夫としては超・超優良物件。ご令嬢たちからの容赦のない嫉妬の視線の理由はこれだった。

貴族とはいえ子爵令嬢のアイラにとって、ノアは雲の上の存在。

なぜ色気よりも食い気！　食い気よりも実験！　なアイラが数多《あまた》の麗しき武器を持った女性たちを蹴落とし、妻の地位を手に入れられたのか。理由はただ一つ。

（まあ、都合が良かったのよね。世の中の野心ある皆様ごめんなさい。わたしは愛のない契約結婚をして、思う存分錬金術師生活を楽しみます！　まあ、色々となんとかなる！）

明日の実験のことを考えているアイラを余所《よそ》に、結婚式は粛々と進んでいく。

「新郎ノア・ファビウス・リンステッドは、ここにいるアイラ・ジェーンズを病める時も、健やかなる時も、富める時も、貧しき時も、妻として愛し、敬い、慈しむことを誓いますか？」

「誓います」

ノアの凜々しくもハッキリした声が大聖堂に響き渡る。これが嘘八百の言葉なんて、参列者の誰もが思わないだろう。

「新婦アイラ・ジェーンズ、あなたはここにいるノア・ファビウス・リンステッドを病める時も、健やかなる時も、富める時も、貧しき時も、夫として愛し、敬い、慈しむことを誓いますか？」

「はい、誓います」

穏やかな声音になるように頑張ってアイラは答えた。

「では、誓いのキスを」

大神官の言葉と同時に、アイラとノアは向き合う。そして慎重な手つきでノアがベールをはずす。

（……本当に綺麗な顔。王子様みたい……というか、王子様だけど）

ノアの端整な顔立ちに純粋に感心していると、彼はアイラに甘い笑みを浮かべる。慌ててアイラも恭順するように微笑《ほほえ》み、目を瞑る。事前の打ち合わせ通り、誓いのキスはアイラの唇の横にされた。

「偉大なるノア第二王子殿下と、新たなる王家の一員、アイラ・ジェーンズ・リンステッド第二王子妃に盛大なる拍手を！」

その瞬間、大聖堂に祝福の嵐が吹き荒れる。

生まれて初めて経験するスタンディングオベーションに恐れおののきながら、アイラの結婚式という名の契約調印式は終わりを告げたのだった。


結婚と同時に、アイラとノアには王宮東側の離宮が与えられた。

青を基調とした美しい外観で、広大な庭には芝生が均一に生えていた。この離宮は古くから王族に与えられている歴史ある建物で、アイラとノアの結婚に合わせてリフォームし、内装と家具を総取り替えしたそうだ。王族の結婚の経済効果に驚きつつも、アイラは与えられた自室でひとりベッドに転がっていた。

～ノア＆アイラの契約結婚三ヶ条～


王太子ほどではないけれど、第二王子の結婚式も過密スケジュールで、大聖堂での結婚式が終わった後も王都での小規模パレード、披露式典など慣れない行事でかなり疲れた。

「……ふう。意外と落ち着く」

シンと静まった部屋で小さく息づく。

元々実家のジェーンズ子爵家では使用人はそれほど多くなく、みんな庶民的だった。ここ三年ほどは一人暮らしをしていたこともあって、誰かにお世話されるのは慣れていない。

そのことを事前にノアへ話していたからか、離宮に入ってから侍女はおろか、使用人ひとり見当たらない。先ほどもひとりでゆっくりとお風呂に入り、堅苦しかった結婚式の疲れを取った。

「うーん。でも、誰もいないって訳じゃないのよね」

ベッドの脇にあるサイドテーブルには、ゆらゆらと湯気の立つブランデー入りのハーブティーが置かれている。そしてカップの下には『ゆっくりとお休みください』と丁寧な文字で書かれたメッセージカードが添えられていた。

「忍者みたいな侍女でもいるのかしら。なーんてね！」

そんな馬鹿なことを零しながら、アイラはノアとの愛のない契約結婚について考えていた。

その一、互いの権利は対等である。

その二、互いの立場・事情を最大限に尊重すること。

その三、もしも好きな人ができたら、全力で応援すべし。


以上である。まあ簡単に要約すると、契約結婚中も契約破棄するときも思いやりを持って良きビジネスパートナーとして行動しましょう、ということだ。

細かく条約を決めすぎても、歳を取ったり、互いの事情が変わったときに面倒なので、これぐらいざっくりしている方が分かりやすい。何より、アイラの懸念事項である身分差による圧力をかけられないのがいい。

王族との結婚の最大の懸念事項である後継については、ノアもアイラも望んでいないし、お互いに恋愛感情もないので心配もない。ビジネスライクな結婚生活が送れそうだ。

「むっふふ。最初は王子様との結婚なんて無理って思っていたけれど、仕事も続けられるし、離宮から職場まで徒歩三分だし、万事順調ね」

一時はどうなるかと思ったけれど、アイラはどうにか錬金省で働き続けることができる。契約結婚万歳とハーブティーを一気飲みしていると、扉が控えめにノックされた。

「もしかして侍女かしら？」

深く考えずに扉を開けると、そこには結婚式の後に別れてから見ていない契約上の夫がいた。

「ノア、こんな夜更けにどうしたの？」

何か連絡事項があるのかなと思い、アイラはノアを部屋に入れようとするが彼の姿を見てピタリと動きが止まる。

先ほどまでお風呂に入っていたのか、ノアの髪はしっとりと濡れていた。昼間のカッチリとした正装は解かれ、ゆったりとしたシャツにスラックスという、まるで今から寝るようなラフな格好だ。

そして何より……。

（な、何故に枕を手に持っているのぉぉおおお⁉）

仮に契約妻に連絡事項があったとして、こんな格好で来るのか。まして、使い慣れていそうな枕を持参して。……絶対にあり得ないだろう！

あまりにも枕を凝視しすぎていたのか、ノアが困ったように頭をかく。

「実は枕が変わると深く眠れないんです。お恥ずかしながら」

そうじゃねーよ！　という言葉をアイラはどうにか呑み込み、自分を落ち着かせるように、ゆっくりと冷静に言葉を紡ぐ。

「……あの、ノア。何か用があったのよね？」

穏やかにアイラが微笑むと、ノアは少年のような満面の笑みで頷いた。

「もちろん！　愛するアイラとたった一度の初夜の儀を執り行うため——」

スパンッとアイラは勢いよく扉を閉めると、脊髄反射で鍵を閉めて近くにあったキャビネットやイスを扉の前に積み上げた。

そして深く、深く息を吸って吐くのをかれこれ十回ほど繰り返して、ドキドキと耳にまで聞こえる心臓の鼓動を落ち着かせた。

「契約結婚相手と初夜を共にする？　ないない、結婚初日に契約を破るとかあり得ないわ。きっと今見たノアは幻覚。そして、愛するとかなんとかは全部幻聴ね」

ドンドンと扉を叩く音が部屋に響くが、アイラはそれを頑張って無視する。

……だが、その音は三十分経っても一向に止まず、ついにアイラはキレた。

「初日から契約破棄するつもり⁉　さすがに結婚初日で離婚とかあり得ないわ！　社会的な信用をなくすどころか、親兄弟からも責められる！」

「契約結婚三ヶ条、その三。もしも好きな人ができたら、全力で応援すべし、ですよ。実を言うと、私はアイラにベタ惚れなんです。好きです、大好きです。私のこの溢れるばかりのあなたへの愛を、どうぞ存分に受け止めてください！」

「嫌よ！　そもそも、この結婚は契約。愛だの恋だのといった重苦しい関係じゃなくて、損得勘定の延長線上にある都合のいい関係じゃなくちゃいけないの！」

「好きな相手と契約結婚してはいけないなんて、そんな決まりはありませんよ」

扉越しでノアの表情は窺えないが、きっと爽やかに腹黒い笑みを浮かべているに違いない。結婚初日にして、アイラは契約夫のキラキラフェイスの下に隠れた本性に気づく。

（というか、わたしが好きって何よ。師長に紹介されるまで、ノアとは言葉すら交わしたことがなかったはずだわ。この結婚はどこまで仕組まれていたというの！）

きっと何かの間違いだと思いたいが、この粘つくようなノアのしつこさに、アイラは彼の本気を感じ取り身震いする。

「契約結婚三ヶ条。その二、互いの立場・事情を最大限に尊重すること！　わたしは初夜を断固拒否するわ！」

「そこをなんとか……！　哀れな私をお救いすると思って……添い寝するだけでいいですから」

「哀れなのはわたしよ！　だいたい、わたしのことを好きだとか抜かすヤツと添い寝なんて危なくてできるか！」

アイラとノアの攻防は朝日が昇っても続けられた。

こうして、前途多難な契約結婚生活は幕を開けたのである――

第一章　プロポーズは突然に

――契約結婚の発端は、三ヶ月前に遡る。

あるよく晴れた昼休み。アイラは食堂で包んでもらったサンドイッチを手に、人気《ひとけ》のない東屋で実験ノートを書き込みながら、いつも通りに昼食をとる……はずだった。

東屋の中で昼食をとっていると、視界に影が差した。雨雲でも近づいているのかなと顔を上げると、誰かがアイラを見下ろしている。

逆光で顔が見えない。しかし、背の高さから相手が成人男性だと分かり、驚いたアイラはとっさに逃げようとする。だが、それを許さないとばかりに腕を掴まれた。

「アイラ・ジェーンズ子爵令嬢。俺と結婚してください」

「へ？　ええ？　うぇぇぇええ⁉」

動揺からおよそ淑女とは思えない奇声を上げてしまっていた。

アイラは東屋の柱に縫い付けられるように迫られ、腕を掴んでいる青年と今にも口づけしてしまいそうなほど距離を詰められる。

何がどうなっているのか分からない。青年の顔を遅れて認識し、アイラはますます混乱した。

宵闇の空のような美しい藍色の髪に、高潔さを表すかのような深い青の瞳。騎士のような均整の取れた身体《からだ》。怜悧な印象を抱かせる精巧な顔立ちだが、今はただ情熱的にアイラを見下ろしている。

なんと青年は王宮内でも屈指の有名人――外交部のホープであるカーティス・ウェストン公爵だったのだ。

（いやいや、待って！　ウェストン公爵がなんでプロポーズを？　しかも、爵位が高い訳でもない、研究中毒のわたしに？）

令嬢たちが抱かれたい男第二位、結婚したい男第一位、今注目の文官第一位、罵られたい殿方第一位……などなど、交友関係の広い友人に植え込まれたカーティスのどうでもいい情報がアイラの脳内に駆け巡る。

「ひ、人違いでは？」

狼に追い立てられる羊のように顔を真っ青にさせながら、アイラは絞り出すように呟いた。

すると、カーティスの深い青の瞳が細くなる。彼の整った顔立ちに僅かな怒りの感情が足され、それはそれは恐ろしいことになっていた。

カーティスが見下ろすように顔をさらに近づけると、彼の艶やかな黒髪がアイラの頬に触れる。

「俺は最初にアイラ・ジェーンズ子爵令嬢と言っただろう。間違えていると思うか？」

「そ、そうですよね。ですが、あの……わたしはしがない子爵令嬢ですし。ウェストン公爵とは釣り合いがとれないといいますか……」

「幸いなことに、我がウェストン公爵家は妻側の身分が高位でなければいけないほど困窮していない。それにアイラ嬢の生家は、国一番の農業生産率を誇る。母君は社交界でも一目おかれ、兄君と弟君も将来有望だ」

アイラの生家、ジェーンズ子爵家は一つのことにのめり込みやすいオタク気質だった。父は平民たちと一緒に日焼けしながら領地で品種改良や農業に勤しみ、母は刺繍オタクで精魂込めて作った作品を社交界で披露した後、それを気に入ってくれた人にあげたり、商会に卸したりしている。

兄は小さい頃からヒーローごっこが大好きで、その延長線で近衛騎士となり王族を警護している。

弟は読書オタクが高じて学校で優秀な成績を修めていた。

（……もしかして、うちの家ってただのオタクじゃなくて、世間的にはエリートなの⁉）

みんな好き勝手に生きているだけなので、アイラは今までジェーンズ子爵家の価値なんて考えたこともなかった。家族の誰ひとりとして自分のことをエリートだなんて思っていないだろう。だって本人たちは楽しくオタ活しているだけなんだから！

「えっと、その……農作物の取引だったら父に話してみますし、母は若い男性と話すのは好きなので、刺繍作品は簡単に譲ってくれると思います。兄と弟に会いたいなら、紹介しますよ？」

「アイラ嬢は何か勘違いをされているようだ」

「……か、勘違い？」

嫌な予感がして、頬に冷や汗がたらりと流れる。

「俺が一番尊敬しているのは君だ」

「わたし⁉」

「女性ながらその若さで国一番の錬金術師になっている」

「いえ、宮廷錬金術師の筆頭はユージン・レイノルズ師長なんですけど……」

直属の上司の名前を言うと、カーティスの眉間に皺が寄る。

「あんなのはただ世襲しただけの三流だ」

嫌悪感丸出しにカーティスが言った。ユージン本人がこれを聞いたら、泣きながら気絶するだろう。……事実なだけに。

「あの……客観的に見て、わたしはエリート錬金術師だったりします？」

今まで気にもしていなかった自分の世間の評価を恐る恐る聞くと、カーティスは先ほどとは打って変わって穏やかな笑みを浮かべた。

「あなたは独創的かつ有益な金属物質とポーションをいくつも開発し、建設業や造船業を飛躍的に発展させ、医療の分野では平民を中心に死亡率を大きく下げた。多大なる功績だ」

「わたしはただ……自分が作りたいものを作っていただけです」

欲望の赴くまま作ってきたものが、自分の想定を超える高評価を得ていると知ると、何故か嬉しさを通り越して恐怖を感じた。努力をいくらしても学校の成績が次席で、褒められるというよりは哀れまれてきたアイラには刺激が強すぎる。

「アイラ嬢の自然と誰かのためになる行動をしてしまうところが、俺は好ましく思っている。是非とも、俺と結婚した後もウェストン公爵家でその力を存分に発揮してほしい」

「それは……仮にウェストン公爵と結婚したら、宮廷錬金術師を辞めないといけないということですか？」

「君をあんな劣悪な環境で働かせ続けることなんてできない！　レイノルズ公爵家が世襲しているから、実力があっても決してこれ以上の出世は望めないだろう。それに、ウェストン公爵家ならば、王家に搾取されることもない」

カーティスの必死な物言いに、アイラは虚を衝かれる。そしてキュピーンと脳内にある考えが天啓のように降り立った。

……これは間違いない。結婚詐欺だ‼

錬金術師になるには資質を持っていなければならない。しかしその資質の一つである——魔力を持つ者は極端に少なく、そして魔力を持っているからといって必ずしも錬金術師になれる訳ではない。

錬金術とは数学、地学、生物学、占星術、統計学、魔術などなどあらゆる学問を統合し、自身の創造力を駆使して未知を作り上げる技術。睡眠や食事を減らしてでも膨大な実験や考察を喜んでやるぐらいのオタクでないと錬金術師にはなれないのだ。

なので、国内に錬金術師は三十人もいない。当然、お給料も高い。金食い虫と揶揄されることもあるが、優秀な者であれば巨万の富をもたらす。故に、貴族たちはこぞって錬金術師を領地に囲い込もうとするのだ。

（まあ、その中でも宮廷錬金術師のお給料は最安値なんだけど！）

王宮の財務部はお金に厳しく、他の職員たちの給与との兼ね合いがー、とか言って宮廷錬金術師の給与を上げてくれない。なので、宮廷錬金術師となった者は名前を適当に売って、数年で貴族に引き抜かれるのが常である。

（でも酷いわ！　引き抜きじゃなくて、結婚詐欺を働こうとするなんて）

カーティス・ウェストン公爵は現在、妻の家柄を頼ることがないほどに安定した地位を築いている。であれば、妻に求めるのは心から愛する者。もしくは……個の能力が有益な人物。それで目を付けられたのがアイラだ。

錬金術師を普通に雇用して多額の給与を払うよりも、妻にした方が断然安く済むし、他領に引き抜かれる心配もないと思われたのだろう。

「わわわ、わたし、お付き合いしている人がいるんです！　だからウェストン公爵と結婚はできません」

「……ほう。それは事実なのですか？」

静かに……しかし、追及するかのような威圧を込めてカーティスが言った。アイラはしどろもどろになりながらも、必死に言い訳を考える。

「事実ですよ。もう砂糖菓子よりも甘い関係で、将来を誓い合っています。ま、まさに運命って感じで……お互いしか目に入らないというか……」

本当は十九年の人生の中で男っ気の一つもない事実が心を抉る。侘しい仮想彼氏を思い浮かべながら、なんでアイラがこんな言い訳をしなくてはならないのだろう。

「こうしてアイラ嬢に直接求婚しに来たのは、せめてもの気遣いだ。いきなり結婚相手が決まっていたら、驚くだろう？」

カーティスはアイラの髪を一房手に取り、そっと口づける。

「俺があなたを幸せにしてみせる」

普段は怜悧な印象を与える青の双眸が優しげな三日月型に細まり、艶のある低い声音が耳朶《じだ》に響く。

カーティスのまるで少女漫画のヒーローのような甘さとほどよいドSっぷりに、アイラは顔を真っ赤にさせ、胸の高鳴りが抑えられない。

（恐ろしい！　これが外交部仕込みの結婚詐欺師の手管なのね。詐欺だと分かっているのに……思わず全財産を差し出してしまいそう！）

餌食にされる前に逃げなければとアイラが藻掻くように手を振り回すと、思っていたよりもあっさりとカーティスの腕の拘束が緩んだ。

「しっ、失礼します！」

慌てて逃げ出すアイラの後ろで、カーティスがくすりと笑ったような気がした。


突然だが、アイラ・ジェーンズは転生者である。

十二歳の時、家族旅行で初めて海を訪れて、自分の前世が日本という国で生きていた人間だということを漠然と思い出した。性別はおそらく女性。年齢や家族構成、名前などを詳しく思い出すことはできなかったが、日本の風景や知識は良く覚えている。

そして憧れた。

舗装された道はどこまでも続き、ビルや家屋が立ち並びながらも、手入れされた花や木々が美しく生い茂る。子どもたちは等しく学校に行くことができ、電気やガスや水道など、ボタン一つで魔法のような生活が送れる。

国外にも簡単に行けて、様々な国々を見ることができる。誰もが世界には自分の知らない文化や風景、知識、歴史が広がっていることを当たり前に知っていた。その当たり前にアイラは好奇心をくすぐられた。

一度きりの人生をこの国の中だけで終わらせるなんてもったいない。アイラは生まれ落ちた世界のすべてが見たかった。

そんな強欲な夢のために、アイラは錬金術師となったのだ。

「どうしよう、どうしよう、どーうーしーよーうっ！」

アイラは頭を抱えながら王宮の廊下を歩いていた。すれ違う人たちがギョッとした目でアイラを振り返るが、今は気にしている余裕なんてない。

詐欺とはいえ――いいや。詐欺だからこそ、カーティス・ウェストン公爵に求婚されたという事実に背筋が震える。

「相手は外交部のホープ。わたしの苦しすぎる言い訳なんて、最初からお見通しだろうし……本当にどうしよう！」

外交官は相手の情報を集め、分析し、己の利になるように周りを動かし説得するのが得意だ。アイラの身辺調査もとうに済ませて突撃してきたのに違いない。

「わたしの研究三昧の自堕落おひとり様生活についても調べているはずだわ。お付き合いしている人がいるって言ってしまったけれど……絶対に嘘だってバレてる」

結婚詐欺をするのなら、恋人のいる女性よりもいない女性の方が断然罠に嵌めやすい。そういうところも込みでアイラが選ばれたのだろう。

「相手は公爵。身分的に断れないわ。しかも日々、欲望のまま生きているお父様とお母様にウェストン公爵から縁談を持っていかれたら、面倒くさいとか言って適当に了承されるかもしれない。娘に一言ぐらい確認する良心があると信じたいけれど……」

ブツブツと呟きながら、アイラは王宮の端にある煉瓦造りの建物に入った。玄関を抜けてすぐの扉を開くと、机が並び、たくさんの書類が積まれた事務室に出た。

珍しく事務室には三人の職員がいた。

「アイラ・ジェーンズ。休憩から戻りました」

そう声をかけて自分の机に向かうと、隣でマニキュアを塗っている美女が視線を爪に向けたまま口を開く。

「いつもなら書き物に熱中してなかなか帰ってこないのに、早かったわね」

彼女――ジュディ・ミリガンの長い黒髪はサイドに垂らすように結ばれ、知的な整った顔立ちに紫の瞳を持つ。第一印象は落ち着いて清楚なイメージの美女だけれど、アイラは彼女の俗っぽいところをよく知っている。

ジュディはアイラの同僚であり、同い年の友人。同じ貴族階級で、彼女の家は祖父の代で男爵を拝命していた。そしてこの国にある錬金術師の学校で共に学んだ仲である。

「……今日はちょっと気分が乗らなくて」

「やりかけの実験があるでもないのに。珍しいこと」

「ねえ、ジュディ。最近の王宮の男情報……どうなっているの？」

さりげなく聞くと、ジュディはマニキュアを乾かすため、フッと爪に息を吹きかけた。

「王太子殿下が結婚してからというもの、特に独身の優良物件たちの動きはないわね。次期王の結婚式ともなると国内だけじゃなくて他国も動くから、どこの部署も忙しかったじゃない？　みんな恋愛も政略結婚もする暇がなかったみたいね。結婚式が終わって三ヶ月経ったし、そろそろ男を狩るのに良い時期になってきたんじゃないかしら」

「か、狩り……」

清楚な見た目からは想像もできない肉食系なセリフに、アイラは苦笑いをした。

（……でも、ジュディはこの王宮内の恋愛ゴシップネタでは一番の情報通。なのにウェストン公爵の小さな噂すら流れていないということは、用意周到に結婚詐欺を働いているって訳ね）

アイラは多少給与が安くとも、宮廷錬金術師を辞めるつもりはない。何故なら、宮廷錬金術師は公共事業に深く関わることが多く、また生み出した技術が広まるのも早い。国を豊かにするという意味では、一番の近道だ。

（わたしは、豪華客船で世界一周旅行をするまで結婚なんてしている暇なんてないのよ！）

悶々と考えていると、ジュディがずいっとアイラに顔を近づける。

「アイラが恋バナなんて珍しいわね。なぁに？　狩りたい男でもできたのぉ」

「で、できないわよ」

「焦るなんてますます怪しい。まあ、研究馬鹿のあなたが男女の秘め事に興味を抱くのはいいことじゃない？　なんというか、年相応の人間って感じ」

「……ものすごく失礼なことを言っていない？」

アイラが顔を顰《しか》めると、ジュディはニッコリと笑みを浮かべた。

「言っているわよ」

「ジュディ！」

声を荒らげるアイラを止めるように、もふもふとして――それでいて、日だまりの匂いのする大きな猫がそっと仲裁に入る。

「まあまあ、喧嘩はそれぐらいにするですにゃ」

「ニケ先輩……申し訳ありません」

大きな猫、ニケはだいたいアイラの腰ほどの大きさで二足歩行だが、それ以外に人間の要素はない。くりりとしたつぶらな瞳に、しなやかでありながらまん丸の体型、艶がありながらもしっとりもふもふとした毛並みが特徴のとってもキュートな猫の顔立ちで、彼はアイラを――この王宮のストレス社会に生きる人間たちを魅了して止まない。

種族はケット・シーという、この世界でも珍しい存在。リンステッド王国からかなり離れた場所にケット・シーの里があり、友好国として古くから交流があると噂で聞いた。ニケは、この国で人間社会を学ぶために働いているそう。

ニケの性格は真面目。元々は別の部署で働いていたが、あまりの愛らしさに各部署で取り合いが起こり、人材と癒やし不足に嘆いていた宮廷錬金術師師長が謀略を巡らせて、数年前にニケを勝ち取った。この部署に入ったのは一番遅いが、王宮での勤務歴は一番長い。錬金省では事務員として働いている。シャツとネクタイ、そして革のブーツをオフィスカジュアルに着こなす様は、ニケがしっかりと人間社会に順応していることを示していた。

「そうよ。落ち着きなさい、アイラ。狩場——じゃなくて、男女の楽しい食事会にはちゃーんと呼ぶから」

「それは別にいい。ジュディは、まだ玉の輿を諦めていないの？」

ジュディは錬金術の豊かな才能があるから、自分で身を立てることも可能だ。しかし、彼女は学生時代から、優先順位第一位はいつも将来有望のイケメンだった。

「当たり前でしょ。尻に敷きやすい玉の輿の良い男を見つけるために、あたしは宮廷錬金術師になったのだから」

「玉の輿はよろしいですが、愛のある温かい家庭の方が尊いと思いますにゃ。好きな人と結婚できることほど、幸せなことはにゃいですにゃ」

真っ当な人間の意見をケット・シーのニケが言った。すると、ジュディが口を出す前に、長身の男性が現れ、軽快な声を上げる。

「ボクは政略結婚もいいと思うヨ。結婚は博打《ばくち》だからネ。好きになった人が自分をずっと大切にしてくれるとは限らナイ。政略結婚なら、情熱的に愛されずとも、相互利益を享受するために最低限には大切にしてくれるダロウ」

この男性の名前は、ロゥロゥ。性別以外はすべて不明。何故なら、怪しげな異民族の仮面と衣装を身につけ、所々片言で言葉を話すため、何歳なのか、この国の人間なのかすら分からない。

錬金術の中でも占星術を専門とするらしいが、彼がそれらしい占いをしているところを誰も見たことがない。占いをやったとしても、辺境国のマイナー占いを適当にやったりと趣味の範疇を超えない。勤務態度も不真面目で欠勤、昼寝も当たり前。それなのに、何故かクビにならない謎多き同僚だ。

アイラたちの会話に入ってきたのも特に意味はなく、ただの暇つぶしだろう。

「ロゥロゥくん、悲しいことは言わないでくださいにゃ。政略結婚とは、家同士の利益のために決めることにゃのでしょう？　犠牲になるのは、うら若きご令嬢たちだけにゃ」

「好き合って結婚して、後々浮気……なーんてこともあるヨ。ケット・シーにはないのカナ？」

「そ、そんな紳士の風上にも置けないようなヤツは……少数派ですにゃ」

「いることにはいるんじゃないカ」

可愛い猫にしか見えないケット・シーの夢のない一面であった。

「にゃらば、若いご令嬢たちに聞いてみましょう！　政略結婚がいいのか、恋愛結婚がいいのか」

「そうだネ。幸いにもここにはふたりいるしネ」

そう言って、勝手にヒートアップしていたニケとロゥロゥが、ジュディに鋭い視線を向ける。

「えー、あたしは金をたんまり稼いで自由に使わせてくれれば、好きじゃない人と政略結婚しても、余所に女を作ろうとどうでもいいけど？」

「……ジュディ。お、男は金じゃないと思うナ」

男の夢が破れたとばかりにロゥロゥの声は気落ちしていた。

「あたしみたいな美人を妻にできるのよ。なら、相応の対価が必要だと思わない？　結婚は取引だと思うけど」

「悲しすぎる答えだにゃ……」

ニケは尻尾をだらんと下げて、しょんぼりと床を見る。

「アイラはどう思うんダイ？」

「え⁉　そもそも結婚したくないです。研究の邪魔なので」

咄嗟にアイラは取り繕うことなく答えてしまう。するとロゥロゥまで、ニケの隣で同じくしょんぼりと項垂《うなだ》れた。

「……この国の未来は暗いネ」

「人間とは……いいえ、女性とは複雑ですにゃ」

一人の男と一匹の雄の心は一つだった。

「別に他人の恋愛なんてどうでもいいでしょ。外から見たら不幸でも、本人たちから見たら幸せってこともあるわ。その逆も然《しか》り。大事なのは自分がどう思うかよ」

ジュディはマニキュアを乾かしながら、面倒くさそうに溜息を吐いた。

アイラはジュディの言葉を頭の中で反芻させる。そしてある案を思いついた。カーティスから仕掛けられた結婚詐欺を回避するには、これしかない。


――そう、契約結婚だ‼


政略結婚のような家同士の利益のためではなく、個人同士の私情を絡めた契約結婚ならば、アイラが研究を続けながらカーティスから逃げることができる。

だが問題は、どうやって契約結婚相手を見つけるかだ。

「……わたしの全財産と地位で罠を仕掛けて……いや、それだと邪魔されるリスクもあるし……」

「どうしたのよ、アイラ。ブツブツ言って気味が悪いわ」

ジュディが引いた目でアイラを見てくるが、そんなことを気にしている余裕はない。研究してるときよりも必死に脳を回転させていて気づいてしまったのだ。

(……どうしよう。わたしの人脈と情報網じゃ、どう足掻いても契約結婚相手が見つけられない！)

まず、普段研究ばかりして錬金省に閉じ籠もり、家には寝に帰るだけの生活を送っているアイラは、交友関係がかなり狭い。夜会や御茶会にもデビュタント以来出席しておらず、貴族間の力関係にも疎い。当然、味方になってくれる高位貴族もいない。

（相手はカーティス・ウェストン公爵よ。下手に低い身分の相手を選んでしまえば、強引に契約結婚を取り消されてしまう。かと言って、交友関係の狭いわたしが急に上位貴族に接触すれば、怪しさ満点。すぐに契約結婚を企んでいることが見破られてしまうわ）

もっと人間関係や社交に力を入れるんだったと後悔しても後の祭り。アイラは声にならない呻き声を上げながら、床に膝をついて頭を抱えた。

「ふぅ。やっと予算会議が終わったよ」

扉を開く音と共に、気の抜けた声が事務室に響いた。

現れたのは錬金省のトップ。ユージン・レイノルズ宮廷錬金術師師長である。スラリとした長身に、短く切り揃えられた銀髪に、黒曜石のような瞳。精悍で整った顔立ちをしているはずだが、疲れ切った表情が二十六歳という年齢よりも少し老けた印象を与えていた。

よれよれの白衣に貴族服というちぐはぐな格好をしているが、ユージンの身分は公爵。錬金術師としての能力は……正直、三流だった。

「ああ、ユージン。会議の結果はどうだっタ？」

「三ヶ月前から二ケと準備していたから、なんとか来年の予算も現状維持を確保することができた」

ユージンは猫背になりながら、胃の辺りを優しく擦る。

「予算を削減すると、財務部はかなり息巻いていたからよかったヨ。こんな楽な仕事、絶対に手放したくないからネ」

ナチュラルにクズ発言をするロゥロゥに、今更錬金術師たちは反応しない。しかし、この中で一番の常識人で良心の塊であるニケ先輩は、キュートな頬を膨らませて、ロゥロゥに何度も猫パンチを繰り出した。

「錬金省が財務部に印象が悪いのは、ロゥロゥくんのせいでもあるのですにゃ。少しは真面目に働かにゃいと、本当にクビになってしまいますにゃ！」

「アハハ！　ボクは無理な労働とか、責任とかが大嫌いなんダ。いい加減、諦めたらどうダイ？」

ぷにぷにの肉球ではあまりダメージがないらしく、ロゥロゥは胸を反って笑うだけだった。

いつも通りのじゃれ合いを見たユージンは、アイラが調合した胃に優しい徹夜用栄養ポーションを取り出し、それを一気に飲み干した。

「まあ、なんにせよ。これで肩の荷が下りたね。日に日に酷くなっていた胃痛も改善されるだろうし、これで心置きなく研究ができるよ」

穏やかに微笑むユージンを見て、アイラはひらめいた。

（契約結婚相手が見つけられないなら、上司を使えばいいじゃない！）

傍若無人な発想だが、これはなかなか悪くない。ユージンの仕事は錬金省のトップとして、各部署との交渉や伝達、国の行く末を左右する重要な会議、邪魔な部署や人物への牽制、王家へのご機嫌伺いなどなど、数多の面倒な仕事をまとめて請け負っている。

おかげで錬金術師としては三流だが、交渉役としては非常に優秀だ。若くして家督を世襲し宮廷錬金術師師長になったユージンだが、部下たちからはとても信頼されている。何故なら、錬金術師にとって面倒な仕事をすべて引き受けてくれるからだ。

「ユージン師長！」

アイラが元気よく声をかけると、ユージンは引きつった顔をした。目線で『面倒事はごめんだ。これから研究するんだから！』と顔に書いているが、アイラも人生が懸かっているので遠慮はしない。

「ア、アイラ主任。何かな？」

「大切なお話があります！」

「大切って……どれくらいだい？」

「今後のわたしの進退に関わるぐらいです」

ハッキリとした口調でアイラが言うと、ユージンはこの世の終わりかと思うような絶望に満ちた顔で、あんぐりと口を開けた。

そして、慌てる同僚たちを置いて静かにアイラを応接室に連れていくと、座る暇もなくいきなり号泣してアイラに縋り付く。

「アイラ主任。もしかして宮廷錬金術師を辞めたいの？　お願いだ、それだけはやめてくれ！　今回の予算会議で現状維持にできたのは、君の実績と将来性が認められたからだ。おかげで、騎士団と政治部を味方に付けて、他の部署に圧力をかけられたんだよ。後生だ、頼むよ。頼むよぉぉおお！」

地位も身分もあるいい大人のユージンが情けなく絶叫する様を見て、アイラは思わず首を縦に振りそうになった。恐ろしい交渉術だ。危なかった。

「……その交渉スキルの三分の一でも錬金術に応用できれば良かったですね」

「自分でもそう思うよ⁉　でも僕はロビー活動が嫌なんだ。交渉するのは怖いし、人に恨まれると胃は痛くなるし……本当はみんなみたいに、ただ錬金術の研究だけしたいんだよぉ」

自分の得意なことと好きなことが合致しないのは不幸なことだなと、アイラは胃痛持ちのユージンを見て思った。

「それは無理です。師長以外のメンバーは協調性がありません。交渉なんて無理です。一番の人格者のニケ先輩ですら、唐突にお昼寝タイムとか始めますからね。猫だから」

「ううっ……アイラ主任も役職持ちなんだから、少しは手伝ってくれても……」

「手伝っているじゃないですか。予算をもぎ取る交渉の手札として」

「じゃあ、役職を交換しよう！」

妙案とばかりにユージンが手を叩く。

「できる訳ないじゃないですか。だいたいレイノルズ公爵家の一番の仕事は、宮廷錬金術師たちの統率をとることでしょう？　宮廷錬金術師たちの信頼を勝ち得るために、これからもユージン師長には他部署との交渉を頑張ってもらわないと」

「そんなの建前で僕に面倒な仕事を押し付けて、君たちはただ自分の知的好奇心を満たしたいだけなんだろう！」

「当たり前です。錬金術師なんですから」

思わず本音で言ってしまい、アイラは慌てて口を押さえた。『今のは嘘です』と言い訳しようとしたが、ユージンは泣きながら床を叩いた。

「僕だって錬金術師だよ！　それなのに、錬金省の強突く張りの腹黒狸だとか、三流錬金術師なのに恐怖で宮廷錬金術師たちを支配しているだとか、三度の飯よりも謀略と金が大好きだとか、錬金省でニケを専有するために三十人ばかり社会的に抹殺しただとか……僕はただ、普通の錬金術師になりたいだけなのに！」

同僚の愚痴には共感できるのに、上司の愚痴は少し鬱陶しい。これってなんでなんだろう。

アイラは一頻《ひとしき》りユージンの愚痴を聞き流すと、静かに彼に問いかける。

「……そろそろ、わたしのお話を聞いてくれますか？」

「えっと、アイラ主任が錬金省を辞めるかもしれないって話だよね。やっぱり予算が足りない……とか？」

「お金の話ではないです」

「働きすぎで自分の時間がない。留学や旅行なんかで長期の休みが欲しい、とか？」

「休日を楽しむ暇があったら仕事をします」

「はっ、まさか……ロゥロゥのウザさに嫌気が差したとか？　彼は遊んでばかりの給料泥棒だけど、悪いヤツじゃないんだ。ただちょっと……天然にウザいだけなんだ！　あと、国王陛下のお気に入りだから、迂闊にこっちも注意できないんだ。許してくれ！」

「それ全然フォローになってないですよ。ちなみにわたしの錬金省での人間関係は円満です」

「じゃあ、何に悩んでいるの？　まだ、恋愛や結婚で悩むはずがないし……」

「それです」

アイラが指をパチンッと鳴らすと、ユージンは目をぱちくりとさせた。

「えっ、恋愛や結婚で悩んでいるのかい⁉」

「……わたしが恋愛や結婚で悩んじゃいけないんですか？」

「そうじゃないけど……本当に？　万年、研究中毒で家にも好んで帰らず、不気味な笑みを浮かべながら研究室に引き籠もって仕事している、残念錬金術師のアイラ主任が……恋愛？　結婚？　嘘だ……絶対にあり得ない。そんな訳がない！」

「いいから、わたしに適当な結婚相手を見繕いやがってください！」

上司とはいえ、あまりに失礼な物言いにアイラはユージンの襟首を掴んで強引に何度も揺さぶった。

「ア、アア、アイラ主任！　ゴミを見るような目で見るのはやめて！」

「さっさと出すもんだしやがれ！」

「ひぃっ、口調がゴロツキみたいだよ。というか、結婚相手を『はい、どうぞ』と簡単に出せるはずがないだろう！　いいから、詳しい話を聞かせて！」

アイラが東屋での出来事を事細かに話すと、ユージンは驚愕と不安に押しつぶされそうな顔に何度もなりながら、最後まで口を挟まずに聞いた。

「……カーティスがアイラ主任にプロポーズ。意外だ。てっきりもっと色気のある女性が好きなんだと思っていた。少なくとも、実験台の上で食事をしながら寝るようなアイラ主任は守備範囲外だとばかり……」

「失礼な！　食事と睡眠が一緒にできれば、もっと研究時間を増やせると思って試しただけです」

「その発想が怖いよ。最低限、食事と睡眠は分けようね。自分が人間だというのを忘れちゃいけないよ。そして、お願いだから有給を使ってね。労働環境が悪いんじゃないかって、宰相に怪しまれているんだから！」

　個人研究室が与えられて、残業と泊まり込みが許可されているなんて、最高の労働環境だとアイラは思った。

「この上なく、好条件の労働環境ですけど……って、それよりも、ユージン師長。さっきの物言いだと、カーティス・ウェストン公爵とお知り合いなんですか？」

　アイラが問いかけると、ユージンは苦笑いをしながら頷いた。

「同い年でお互いに公爵家の次期当主として生まれたからね。子どもの頃は何かと交流はあったよ。大人たちも王太子と第二王子の側近候補として見ていたしね。まあ、成長してからはお互いの派閥の関係とかもあって、仕事以外で会うことはないけれど」

「高位貴族は大変そうですね」

「僕みたいな心が小市民の人間が、どうして公爵家になんて生まれてしまったのか……まあ、僕の貴族事情なんてどうでもいいんだよ。問題はアイラ主任だ」

そう言ってユージンは再び胃の辺りを擦った。

「アイラ主任はカーティスと結婚するつもりはないんだよね？　確か、ジュディが……最上級の獲物——じゃなくて、令嬢に人気の婿候補だと言っていたと思うんだが」

「ジュディが舌なめずりするような獲物が、わたしに本気で恋をしている、と。そんなの鵜呑みにするほど、わたしは馬鹿じゃありませんよ。ウェストン公爵はわたしの錬金術師としての能力が目当てです。巧妙な結婚詐欺ですよ！」

「確かに。上質なステーキや菓子が目の前にあるのに、わざわざ薬臭そうな珍味に手を出す馬鹿はいない。そうか、カーティスは珍味を他に売りつけるつもりなのか」

ユージンはハッとした顔で言った。アイラは彼にジトッとした視線を向ける。

「……状況を把握してくれたのは嬉しいですけど、ものすごーくわたしを馬鹿にしていますよね？」

「し、してないよ。アイラ主任は自慢の部下だからね」

ユージンの目が泳いでいる。アイラは小さく溜息を吐くと話を戻した。

「差し当たって、ウェストン公爵との結婚を回避するため、外堀が埋まる前に適当な相手と契約結婚したいんです。どこかにいませんか？　隠し子が十人以上いる浮気男とか、引き籠もりニートのダメ男とか。この際、よぼよぼの御爺様でも飛び跳ねて喜びますよ」

「そ、そんな人間、部下に紹介できる訳がないだろう！」

焦るユージンに、アイラはふふんと鼻を鳴らす。

「大丈夫です。結婚したら、即別居。お互いの私生活には一切干渉しません。わたしは変わらず王宮で働くんで、ユージン師長も嬉しいでしょう?」

「駄目駄目! アイラ主任に変な男を紹介できないよ」

妙に強いユージンの拒絶にアイラは首を傾げる。

「でも、相手は公爵の身分。訳ありの男性じゃないと、契約結婚に乗ってくれなそうです。その辺りの事情も考えて、顔の広いユージン師長なら良い相手を見繕ってくれますよね」

「駄目駄目駄目駄目! もっと慎重に行動しよう。僕がアイラ主任に恋人がいる噂を流してみるから。少し様子をみよう。ね?」

「相手はキャリア街道を驀進《ばくしん》しているエリートですよ! 悠長に構えていたら、あっという間に外堀を埋められてウェストン公爵家に出荷です。そうなったら、ユージン師長は責任をとれるんですか? 財務部のケチケチ文官たちが、嬉々として予算を減額してきますよ!」

「そうは言っても……」

なおも言い淀むユージン師長を前に、アイラは考え込む。そしてすぐに、妙案が閃いた!

「ユージン師長がわたしと結婚すれば、すべて問題が解決するのでは? いいですね。そうしましょう!」

「僕にだって選ぶ権利はある! もしも、そんなことになったら……考えただけで恐ろしい!」

ユージンは顔を真っ青にさせ、この世の終わりかのように頭を抱えた。

「大袈裟ですね。ジョウダン、デスヨ」

アイラは少し片言になりながら答える。

（……本当にどうしようもなくなったら、土下座してでもユージン師長に頼み込むことも考えなきゃね）

そんな考えを読み取ったのか、ユージンはアイラの両肩をガッシリと掴む。心なしか、彼の目が据わっている。

「分かった、分かったよ。アイラ主任の契約結婚の相手はこちらで候補を選定する。幸いなことに、カーティスは敵も多い。候補のあてはあるから……一週間ほど時間をくれるかい？」

「さすが仕事が早いですね。ウェストン公爵とうっかり接触しないように、わたしはしばらく研究室に籠もります」

「僕は研究がしたかったのに……」

あまりに恨めしい声に、アイラは罪悪感を刺激される。

「……あの、もちろんユージン師長にお礼は用意します。ご希望とあらば、栄養ポーションと特製胃薬を一生作りますよ」

「本当かい⁉　……ついでにドラゴンの角もくれると嬉しいな」

「どうしてそれを⁉　先週、闇市で手に入れたばかりなのに！」

ドラゴンの角とは、希少な錬金術の素材として有名だ。一般の商会では、なかなか流通しないそれを、アイラは大金と錬金加工した金属と引き換えで秘密裏に手に入れていた。

この事実を知られれば、国から罰を与えられて素材を没収されるというのは分かっていたので、アイラは変装し、身分を偽ってまでして購入したのだ。誰にも見つかっていなかったはずなのにと、アイラは目を大きく見開いた。

「くれるのかい？　くれないのかい？」

か弱い小動物のような目をしながら、ユージンはアイラへ一歩を踏み出す。

アイラの答えは、決まっていた——というより、決めざるを得なかった。

「……うっ、ぐぅ……献上させてください」

「うんうん。ドラゴンの角は僕も前から欲しかったんだ。なんの研究に使おうか」

「……あの、全部がユージン師長の手の上だったってことはありませんよね？　最初から、ドラゴンの角が目的だったとか。本当は胃薬なんて必要ない身体なんじゃないですか？」

ユージンは子どものように数回飛び跳ねると、ピタリと動きを止めた。

「そんなことないよ。ドラゴンの角が手に入ると思って、自分を鼓舞させなきゃと思ってね。だって……少しでも立ち回りをしくじったら……こふっ」

ユージンはニッコリと笑みをアイラに向け、そして前触れもなく真っ赤な吐瀉物を吐き出し、ぐらりと床に倒れた。

「ユージン師長ぉぉおおお!?」

「なんか……お花畑が見えるよ」

アイラが駆け寄ると、ユージンは焦点の合わない目で天井を見つめる。

（わたし、そんなにユージン師長の負担になることをした⁉）

元々、ユージンの仕事の中には、私生活がめちゃくちゃになりやすい宮廷錬金術師を支えることも含まれている。こういったことでユージンが動くのも通常通りのはずだ。

（ニケ先輩の癒やしを求めて争奪戦が起きて全部署が敵に回ったときも、ロゥロゥが陛下の大事にしていた壺を割って姿を晦ましたときも、ジュディに振られた男が逆恨みして刃物を持って錬金省に殴り込みに来たときも、胃薬を飲むだけで吐血までしなかったわ）

「契約結婚相手選びが失敗しても、別にわたしはユージン師長を責めたりしませんよ。もっと気楽にやってください！」

アイラがユージンの恐れを取り除くように手を握ると、いきなり彼の全身が震えだした。

「ふ、ふふ、ふふふっ……僕が死んだら……せめて、ドラゴンの角と一緒に埋葬してくれ……ああ、ささやかな家庭の幸せが見た、かった……」

「物騒なこと言わないでください！」

ユージンはすぐに意識をなくしたが、翌日には普通に起き出した。

同僚たちが、予算会議の心労が溜まっていたのだろうと言っていたので、アイラも納得するのであった。

❋ ❋ ❋ ❋ ❋

ユージンが契約結婚候補を見つけたと連絡してきたのは、三日後のことだった。

契約結婚候補との密談に指定されたのは、錬金省の端にある建国当初からあるとされる古びた建物。そこは歴代の宮廷錬金術師たちが古い資料や失敗作のガラクタを無造作に放置し、危険すぎて一般人は決して立ち入らない魔窟と化していた。もちろん、現役宮廷錬金術師たちも滅多なことでは近寄らない場所だ。

アイラは怯えるユージンを連れながら、忍者のようにコソコソと建物に入ると、書物が保管されている比較的マシな奥の部屋へと入った。昼間だというのにそこは薄暗く、曇りガラスからは弱々しい光しか入らない。じっとりとした湿り気を肌に感じながら、アイラは手に持ったランタンに魔力を流す。

「光《ルーメン》あれ」

ランタンの中に入っていた小さな金属が黄金色に変わり、まるで蛍光灯のように部屋の隅々にまで光が行き届く。蛍金《ほたるがね》と名付けたこの金属は、アイラが錬金術で開発した物だ。

「いつ見てもアイラ主任の蛍金は便利だよね」

「でもこれはわたしの魔力にしか反応しませんし、一般化するにはまだまだ改良が必要……って、実験したくてウズウズしてきたわ！」

「……研究熱心なのはいいけれど、程々にね」

ユージンは胸ポケットから高級そうな絹のハンカチを取り出すと、部屋の中にあったボロボロのソファーの埃を丁寧に落としていく。

アイラも慌ててひっくり返っていたテーブルを持ち上げ、埃を払うとソファーの前に置いた。テーブルの脚が折れて傾く部分は、その辺にあった分厚い本を重ねて差し込み補強する。簡易的な応接セットの完成だが、どう見ても貴族を招くには向いていない。怒りを買ってしまうんじゃないかと、アイラは不安になる。

「本当にここへ契約結婚候補が来るんですか？　待ち合わせまで、あと五分しかありませんけど」

「待ち合わせに遅れるようなヤツじゃないんだけどな」

ユージンは懐中時計を取り出すと、首を傾げた。

「……候補はおひとりだけなんですか？」

「うん。ひとりしか見つからなかった」

アイラは呆然とした顔で、手に持っていた本を落とした。

「嘘……わたしってそんなに魅力的じゃないんです⁉　てっきり、錬金術の特許を寄越せって条件つけてくるような強突く張りなら、十人は釣れると思ったんですけど」

「あ……いや……そんなことはないんだけどね……」

歯切れ悪いユージンに、アイラは掴みかかる。

「でもひとりしか見つからなかったんですよね⁉　下手な慰めはやめてください。こうなったら……どんなドクズな人間が現れても、絶対に契約結婚に漕ぎ着けてやるわ！」

アイラはメラメラと闘志を燃やす。

「これがジュディのよく言っている、男を狩るという感覚ね。見ていなさい。わたしほど都合の良い女はいないと思い知らせてやるわ！」

「いや、それは狩りとは言わないんじゃ……って、アイラ主任！　なんか部屋が揺れている気がするんだが」

ユージンの言うとおり、小刻みに部屋が揺れている。そしてその揺れはどんどん大きくなっていった。

「ひっ、本棚が動いている⁉」

壁際にあった本棚が、縦に揺れながらゆっくりと開いていく。揺れの中心はここのようだ。アイラの頭の中には、無駄な前世の映画知識が駆け巡る。

「もしかして、マッドな元宮廷錬金術師の仕掛けが発動したんじゃ……建物が崩壊するとか、封印されていたキメラが解放されて世界が地獄絵図になるとか！」

「不吉なことを言わないでくれ！　あり得そうな話だから」

「あり得るんですか」

王宮には過去の宮廷錬金術師たちが起こした破天荒な事件の噂が流れているが、アイラはすべて尾ひれが付いたものだと思っていた。ユージンの反応を見るに、あながち嘘ではないようだ。

（やっぱり、わたしみたいに真面目で模範的な宮廷錬金術師は少ないのね）

とりあえず、身を守るためにアイラはポケットからポーションをいくつか取り出して身構えた。

部屋の揺れは小さくなり、開いた本棚の間には真っ暗な闇が広がっている。キメラが現れるかもしれないと警戒していると、蹄《ひづめ》ではなく、カツカツと人間の靴音が響いた。

「ゴホッゴホッ……しばらく使っていないと聞いていたから不安でしたが、まだこの隠し通路は生きているようですね」

咳き込みつつも暗闇から姿を現したのは、長身の美しい青年だった。透き通るような金色の髪に付着した埃を手で払い、宝石のような碧色の瞳を細めた。

一目で上流階級だと分かるカッチリとした服を着こなす姿を、アイラは何度も見たことがある。時には王宮の回廊で遠くから、時には城下の店で売られている肖像画として。

アイラから見れば天上に住まう御方に、開いた口が塞がらない。

「……ノア第二王子殿下⁉」

「こんにちは」

ノアは親しい者に挨拶するかのように、穏やかに答えた。低位貴族であり、政治にほとんど関わりがないアイラは、ノアと会話したことなんてない。当然、アイラは困惑が止まらない。

しかし、上司のユージンは親しげにノアの肩を叩いた。

「ノア、隠し通路を使うなら使うって事前に言ってくれよ。キメラが現れたかと思って、怖かったんだぞ！」

「すみません、ユージン。遅れそうだったので、近道をと思いまして」

ふたりの随分と親しげな様子を見て、アイラはようやく思い出した。

（そういえば、ユージン師長は公爵だったわね）

普段、錬金省のメンバーに振り回されている姿ばかり見ていたから、すっかり頭から抜けていた

が、ユージンは王族と親しくしていてもおかしくない身分だった。

なんとも器の大きい上司に敬意を覚えながら、アイラは失礼のないように気を張りながらノアに礼を取る。

「申し遅れました、殿下。ジェーンズ子爵家長女、アイラです。錬金省の主任を拝命しております」

「存じています。私はノア・ファビウス・リンステッド。よろしくお願いしますね、アイラ」

「はい、よろしくお願いします」

ノアがそっと手を出してきたので、アイラが手を重ねる。夜会で淑女へするような手の甲へのキスがされるかと一瞬不安になったが、そんな心配はなく、仕事でするような軽い握手だけですぐに手は放された。

「ところで……ノア殿下おひとりですか？」

「はい。そうですよ、アイラ」

アイラはこてんと首を傾げた。

「わたしの契約結婚候補ってノア殿下のお知り合いなんですよね？　本人と話し合わなくて大丈夫なんでしょうか？」

「私が契約結婚候補ですよ」

「…………………え？」

アイラはたっぷり一分間静止した後、側にいたユージンの首根っこを掴んでソファーの後ろにしゃがみ込んだ。

そして、小声で――しかし、強い口調でユージンに問いかける。

「ユージン師長、どうなっているですか！　王子様が契約結婚候補って、どう考えてもおかしいでしょ！」

「それが本当なんだよね。あはは……」

どこか諦めた顔をしているユージンを、アイラはキッと睨み付ける。

「いやいや、王子様なら契約結婚なんてする必要ないです。この世に生まれ落ちたその瞬間から、お嫁さん候補でいっぱい。よりどりみどりのハーレム状態でしょ⁉」

こそこそと話すアイラとユージンを、ノアは穏やかな表情で見下ろした。

「随分と……おふたりは仲良しなんですね？」

ノアの声を聞いた瞬間、ユージンがアイラの手を振り切って立ち上がった。

「違うさ、ノア！　僕たちは上司と部下。それ以上になることなんて、一生……いっっっっっしょう、あり得ないから！」

「そんな力強く否定することないじゃないですか。わたし、部下である前に一応女の子ですよ」

ユージンはあわあわと焦りながらアイラから一歩下がった。

「ああ、ごめんよ！　でもこれは仕方ないいんだ……僕には可愛らしくて穏やかで優しい女性と結婚して、幸せな家庭を築くという夢があるんだ。だから、まだ死ねない！」

「いや、意味が分からないです」

上司のお嫁さん妄想なんて興味がないと、アイラは無表情でユージンを見た。

そんなアイラとユージンの姿を見ていたノアはくすりと笑うと、ボロボロのソファーに腰を下ろす。

「まあ、少し長い話になるし、座ろうか」

「……はい」

アイラはノアの向かいに座り、ユージンはノアの隣に縮こまるように座った。何かに怯えているような様子を疑問に思いつつも、アイラは口を開いたノアに意識を向ける。

「まず、アイラの契約結婚候補に名乗りを上げたのは、私の意思です。私もアイラと同じ……意に染まない結婚を強いられそうな状況なのです」

「それは……王宮内のぐちゃぐちゃでドロドロの権力闘争が絡んでいたりするのですか？」

「そんなことはないですよ。ちょっと兄を蹴落として、私を王にしたい勢力が盛んに動いているだけで」

ちょっとどころじゃないんですけど、と言いかけたのをアイラは必死に抑え、どうにか苦笑いで誤魔化した。

「自分の娘と結婚させて、権力を牛耳ろうという魂胆が見え見えなんですよね。私は王位など、一度も望んだことがないのに」

困ったように溜息を吐くノアからは、言葉の通り王位への野心は感じられない。

「ノアは昔から、何でもできる……天才気質なんだ。だから、次の王にと推す声は根深い」

確かにノアが優秀だというのは、周知の事実だ。幼少の頃から武術を習い、その実力は騎士団上位にも引けを取らないと聞く。今は宰相の下で補佐官として学んでいるようだが、仲の悪い国務省と外務省、どちらからも信頼が厚く、さらに経験を積んだ後は国家の重要な役職に就かれるのは間違いない。

（もちろん、女性からの人気もすごいのよね。確か、令嬢たちが抱かれたい男第一位、結婚したい男第二位、爽やかすぎる貴公子ランキング第一位……碌でもない情報ばかりね）

カーティスとノアは、若い令嬢が狙う結婚相手の二大巨塔だとジュディが言っていた。そんなふたりに結婚詐欺と契約結婚を持ちかけられている自分は一体何なのだろうと、アイラは遠い目をした。

「私は兄上の方が王に向いていると思いますよ。国を一番に考える人格者ですから。それに先日、ラウシェンバッハ王国のエルザ王女と兄上が結婚し、王家的には次の王は兄上以外にあり得ないのですが」

「なるほど。権力者たちを諦めさせるために、わたしと契約結婚を結びたいということなんですね」

だが、申し訳ないがアイラはノアとの契約結婚には及び腰だった。

彼と結婚すれば、国中のあらゆる女性から恨みを買って嫌がらせを受ける可能性が高い。そして、王族と結婚すれば、色々な付き合いや行事に参加しなくてはならないだろうし、そうなれば研究時間が減る。単純にメリットが少ない気がした。

「はい。ジェーンズ子爵家の方々ならば、権力闘争に興味はないでしょう。高位貴族ではなく、子爵令嬢のアイラと結婚すれば、私が王位に興味がないという意思表示にもなります。そして、貴族派を牽制できる」

「貴族派、ですか？」

「ウェストン公爵は貴族派の重鎮です。簡単に言うと……反王家思想を持っていると言えばいいでしょうか。王家に従うのではなく、政治を自分たちで動かしたいんですよ」

「貴族派の重鎮である、ウェストン公爵に錬金術師のわたしが嫁ぐと何かまずいことでもあるんですか？」

アイラが問いかけると、ノアは笑みを浮かべた。

「アイラの錬金術師としての専門はなんですか？」

「金属や鉱物の錬成とポーションの開発ですけど」

「人々の生活を豊かにする、素晴らしい技術です。ですが同時に……戦いにも活用できると思いませんか？」

「それは……ウェストン公爵がわたしの力を使って、王家転覆を狙っている、と」

アイラは胸の奥がギュッと締め付けられる。

「アイラの錬金術師としての実力、そして彼の人脈と資金力をもってすれば可能な話です。自分が思っている以上に、アイラは優秀な錬金術師なんですよ」

「日々、研究に勤しんでいるだけで、そんなこと気にしたことなかったです。わたし程度の錬金術師は、サイード神国にはうじゃうじゃいると思いますし……」

サイード神国とは錬金術発祥の地で、とても高い錬金技術力を持っていると噂だ。秘密主義で鎖国しており、この国との交易や人の行き来はほとんどない。

だが、錬金術師を育成する学校で、どれだけ努力してもアイラはサイード神国の留学生から一度も主席の座を奪うことができなかった。それほどまでに、両国の錬金技術の差はあるはずだ。

「サイード神国の錬金術師がどの程度か知りませんが、私はアイラが一番の錬金術師だと思っていますよ」

「……ありがとうございます」

アイラは曖昧に笑った。

「王家としては、アイラを貴族派のもとへ行かせることはできない。第二王子としては、無用な権力闘争を避けるため、低位の貴族令嬢と結婚したい、それが今回契約結婚の話に乗った理由です」

ノアが真剣な顔でそう言ったかと思えば、今度は年相応の青年らしい明るい笑みを浮かべる。

「ですが一番の理由は、大切な人たちが幸せになるために、契約結婚がしたいんですよ」

「王太子殿下を慕っているんですね」

「ええ、尊敬すべき人です」

本当に大切そうにノアは胸に手を当てて言った。

「ですが、私との契約結婚にアイラが乗り気ではないと分かっています。ですので、私と契約結婚をした場合のメリットをご説明しましょう」

「……メリット、ですか」

「まず、王家の仕事はしなくていいです。夜会への出席や御茶会の参加も不要です。下手に第二王子妃が優秀だと、担ぎ上げる馬鹿が出てきますから。もちろん、私たちの間に子どもを作る必要もありません」

良い嫁にはなれる自信は一つもないけれど、ダメ嫁には努力せずともなれる自信がある。アイラはその事実に、頬を引きつらせた。

「次に、私と婚姻を結ぶことで色々な部署が錬金省に注目します。予算案も通りやすくなるでしょう。より、研究予算を割くことができるようになると思います」

「予算増大⁉」

「今回の契約結婚に際し、私はアイラから一切の金銭・利権を受け取りません。そんなもの、私には必要ありませんから」

「ですが……」

女性の恨みというのは根深いし、王家の仕事をすべて免除だなんて虫のいい話はないと思う。最低限の国事などには出席を求められるだろう。

「そういえばアイラ。先日の会議で仕官している者の王宮での泊まり込みが禁止になったのを知っていますか？」

「いいえ。知りませんが……」

ユージンの方へ視線を向けると、彼はしまったという顔をした。おそらく、部下たちに伝えるのを忘れていたのだろう。

「過重労働の防止というのが表向きの提案ですが、その実は王族警護の安全面を強化するための措置です。もちろん、王宮内に部屋が用意されている上級文官や武官は別ですが」

「でも、それでは仕事に差し支えるときがあるのでは……」

「繁忙期などは致し方ありません。申請書を出せば、泊まり込みも可能。ですが……毎日申請書を出していれば、文官たちが見逃さないでしょうね」

「絶対に財務部が錬金省の予算を減らしにかかるわ!!」

ケチケチ文官たちが狐のような顔で計算器を構える姿が、アイラの脳裏によぎった。

「その通り。ですがそれも、私が婚姻の際に与えられる離宮に住めば問題ありません。通勤時間は徒歩五分以内でしょうね」

「徒歩五分圏内!?」

「私と契約結婚すれば、今までよりも良い宮廷錬金術師の生活が送れますよ」

思わず飛び跳ねてしまいそうな言葉に、アイラの心が揺れ動く。

「大丈夫です。兄と義姉、それに父への対応はすべて私がやりますから。どうぞアイラは、充実した研究の日々を過ごしてください」

アイラの脳内でめまぐるしく情報が精査され、心の天秤が一気に傾いた。

「わたしたち良い契約結婚ができると思います！」

カーティスの結婚詐欺を回避できて、今よりも充実した研究ライフを送れるのであれば、女性たちの恨みも最低限の国事も親戚付き合いも我慢できる。むしろ、想定外の好条件だ。

「私もそう思いますよ、アイラ」

ノアとアイラは頷き合い、ユージンを交えて契約書を作成する。

およそ、二時間かけてできた契約書は、アイラが思っていたよりもシンプルなものになっていた。

「ノア、アイラ主任。契約結婚の内容……本当にこれでいいのかい？」

心配そうなユージンを尻目に、アイラは契約書を読み上げる。

「その一、互いの権利は対等である」

すると、ユージンがアイラに微笑んだ。

「その二、互いの立場・事情を最大限に尊重すること、ですね」

「その三、もしも好きな人ができたら、全力で応援すべし！　まあ、わたしには起こらないと思いますけど、ノア殿下はおモテになるでしょうから。お相手が現れたら、全力で惚れ薬を……って、必要ないですね」

「そんなことはないですよ。もしもの時は、よろしくお願いします」

シンプルでいてビジネスライクな契約書に、アイラはご満悦に頬を綻ばせた。

「結婚式をもって、契約締結となります。よろしくお願いします、ノア殿下」

アイラが頭を下げると、ノアが少し困った顔をした。

「アイラ、もっと普段通りの口調で話していただけませんか？」

「ですが、ノア殿下も丁寧な口調ですし……」

「私のは癖のようなものです。私たちは契約とはいえ、対等な夫婦となるのですから。遠慮はいりませんよ」

「……そう、ですね……いいえ、そうね。ノア」

確かに、これから契約結婚を結ぶのだから、ずっとかしこまっている訳にもいかない。

「あと、式は三ヶ月後にしましょう」

「え⁉　早い……確か、王太子殿下の時は婚約から結婚まで二年はかかっていたわ。それに親に結婚の許可を取らないといけないし……」

あまりの早さにアイラは目を瞬かせた。

「私は第二王子ですから、周辺国の代表を招いた大々的な結婚式は挙げなくて大丈夫です。国王の許可は既に取っていますし、ジェーンズ子爵の許可さえいただければ、すぐにでも婚約を発表します」

「ノアが相手だと言えば、両親は特に反対はしないと思うわ。というか、娘の結婚相手とか、あまり興味がなさそうだし」

悪い人ではないし、家族への愛情はあるけれど、かなりの変わり者。それがアイラの両親への印象だった。

「良かったです。ウェストン公爵が急な外交で一ヶ月ほどこの国を離れている今がチャンスです。早々に私たちの仲を周知させるため、この結婚は恋愛結婚だと噂を流しましょう」

「恋愛結婚⁉」

「契約結婚だと悟られないための策です。それに、恋愛結婚ならば、多少の身分差でも怪しまれません。結婚を反対されても『私たちは愛し合っている』と言えば、若者特有の暴走だと誤魔化しが利きます」

「ほほう。奸計を巡らせる訳ですな」

アイラはしたり顔で顎に手を当てる。ユージンはそれを見て、深く溜息を吐いた。

「……あの、僕はもう研究に戻って良いかい？」

「何を言っているんですか、ユージン。今から私と結婚の根回しに行きますよ」

ノアは立ち上がるとユージンの腕を強引に取った。

「おい、ノア！　引っ張るな……僕は研究がしたいだけなんだぁぁあああ」

ユージンは出荷される子牛のように、抵抗することもできずノアに引き摺られていく。

「アイラ。明日の朝に迎えを寄越すので、一緒にジェーンズ子爵へ結婚の許可を取りに行きましょう」

「分かったわ！」

ノアとユージンは隠し通路に消えていき、本棚が再び部屋を揺らしながら入り口を閉じる。

「さて、明日まで実験の続きをしようかな」


この時、アイラは気づかなかった。

まるで事前に準備をしていたかのような、ノアの手際の良さに。そもそも、第二王子の結婚式が、たった三ヶ月で準備ができるはずがないということに。

そして何より、ノアのアイラに対する強烈な恋愛感情に――

第二章　転生錬金術師の新婚生活

契約結婚二日目。アイラはぐったりと疲れを滲ませた顔で、ヨロヨロと離宮から錬金省へと向かっていた。

「……騙された」

うまい話には裏があるとはよく言ったもので、ノアがアイラにベタ惚れという予想だにしない事実のせいで、アイラは寝不足――というか、一睡もできなかった。何故なら、初夜でのノアとアイラのドア越しの攻防は、結局のところ日が昇ってからも続いたのだ。

「結婚式を挙げるまで、アイツ……猫被っていやがったのね」

夜にアイラの部屋を訪れるまで、ノアはアイラに気がある素振りなど微塵も見せず、ビジネスライクに接してきた。あれはすべて、この契約結婚を破談にしないためだったのだろう。

令嬢たちが憧れる第二王子様に告白されたというのに、アイラの心の中は鬱々としていた。現実とは無情である。

「……なんとかしなきゃ」

アイラは小さく呟くと、錬金省の扉を開いた。事務室には既にジュディとニケが出勤していた。

「おはよう、アイラ。結婚休暇を使わないとは聞いていたけれど、今日ぐらい休めばよかったのに」

「やり残しの実験があったのよ」

アイラは机の引き出しからいくつか資料を取り出すと、そのまま椅子に座る。そして、心と身体の疲労から、机に突っ伏してしまう。

「むふふっ。それで？　ノア殿下との初夜はどうだったのよ」

ジュディはニタニタと笑みを浮かべながら、指でアイラの頬を突《つっ》く。

「……最悪よ。朝になっても寝かせてもらえなかったわ」

「あんな虫も殺さなそうな爽やか王子顔なのに、夜はケダモノなの⁉　何よ、そのギャップ！　女が燃えるようなシチュエーションじゃない。おいしいネタだわ」

「全然、おいしくない」

「確かに毎日はキツいかもしれないけれど、今が踏ん張りどころよ。ここで上手くノア殿下の操縦法を身につけて尻に敷くの」

「もう、勘弁して……」

何か色々と誤解していそうなジュディに反論する気力もなく、アイラは瞼を閉じた。しかし、ジュディはそれを許さず、アイラの頬をさらに突いた。

「誰が勘弁なんてしてやるものですか。親友を差し置いて、陰で将来安泰の最高ランクの獲物を仕留めて、結婚してしまうなんて……きぃぃいいい！　羨ましすぎるわ！」

「これは人と人とのご縁があったというか……」

「何よ、その定番の上から謙遜！　良い結婚ができた女はみんなそう言うのよ」

「……ごめんなさい」

「許さないわ！　だから、ノア殿下の周りにいる手垢の付いていない男たちを紹介してちょうだい」

　ジュディは強い口調でそう言うと、アイラの机の上に本一冊分ほどの厚みの資料を置いた。ちらりとそれに目を通せば、王宮に勤める有望な独身男性の詳細な個人情報――年齢や経歴、過去の女性遍歴までつらつらと書かれている。

　この資料を作るためにどれほど違法なことに手を染めたのか。アイラは怖くて聞けなかった。

「……手際が良すぎる」

「内務省の男共は奥手が多くて、なかなか狩場に出てこなかったのよね。仕事でもあまり接点がないし……アイラがノア殿下と結婚してくれて良かったわ」

「……可哀想《かわいそう》に」

　アイラはまだ見ぬ獲物たちに合掌した。

「お疲れのようですにゃぁ、アイラさん。濃いめの珈琲《コーヒー》でも飲んで、スッキリするですにゃ」

　ゆらゆらと愛らしい尻尾を揺らしながら、ニケがアイラの机にマグカップと甘めのチョコレートを置く。疲れた心に染み渡る、癒やし系猫ちゃんの気遣いにアイラは我慢できなかった。

「……ニケ先輩。お願いです、今夜お家《うち》に泊めてください！」

ニケが逃げないようにガッチリと抱きつくと、アイラは誘惑に耐えきれず、ツルふかの毛皮に頬ずりをした。

「にゃにゃにゃっ⁉　それはダメですにゃ。紳士道に反しますにゃ！」

「藁の布団でも、キャットタワーでも、喜んで寝ますから！　わたし、家に帰りたくないの！」

その必死な様子を見ながら、ジュディはアイラの机に置かれたチョコレートをひょいっと自分の口に入れた。

「そんなに激しかったのねぇ」

「ち　が　う　」

「にゃにゃにゃっ、離してくださいにゃぁ」

ニケの可愛らしい悲鳴と共に、玄関の扉が開いた。

いつもの疲労困憊の姿とは打って変わって溌剌とした銀髪の青年――ユージン・レイノルズ宮廷錬金術師師長は、意気揚々と出勤した。

「みんな、おはよう！　清々しい朝だね。第二王子の結婚式が終わって、やっと研究する時間がとれる――って、アイラ主任⁉」

ユージンはジェットコースターのような落差で、溌剌とした顔を一気に恐怖へと変えた。

「な、なんで⁉　今日はお休みなんだとばかり……ノアから逃げられるはずが……」

「ユージン師長、ちょっと顔を貸しやがれです！」

アイラはユージンの襟首を掴むと、無理やり応接室へと引き摺っていった。

「け、研究がぁぁあああ！」

哀れなユージンの叫び声をニケとジュディはいつものことだと無視し、冷めないうちに珈琲を楽しむのであった。


応接室に入って手を放すと、ユージンは床に倒れ込む。そしてそのまま、たっぷり三分間沈黙し、最初に口を開いたのは般若のような面相になったアイラだった。

「知っていましたよね？」

「ええっと……何がだい？」

「ユージン師長、知っていましたよね？　ノアがわたしのことを好きだっていうこと！」

「あ、いや……その……えへへ」

笑って誤魔化すユージンを見て、アイラはますます怒気を強めた。

「ドラゴンの角はなしですから！」

「そんなぁぁああ！」

「わたしを騙していたんですから、当たり前じゃないですか」

「仕方なかったんだよ。ノアがアイラ主任を狙っていたのは前から知っていたし、余所の男を近づけたら僕の首と胴体がさよならするって脅されていたんだ！」

両手を胸の前で組み、懺悔するようにユージンは泣いたが、アイラは騙されない。

「もしかして、わたしのことずっと監視していたんですか⁉　だから、闇市でドラゴンの角を手に入れたことも知っていて……」

「ごめんよ！　僕だって自分の命が惜しかったんだ。それにアイラ主任は研究中毒で男っ気がまったくなくて、特に自由を阻害することもしなかったよ。僕が干渉したのだって、カーティスの結婚詐欺が初めてだ」

「わたしがモテないって言いたいのですか⁉　言い訳になってないわ！」

「君が研究中毒で引き籠もってばかりで、社交界に出ないからだろう！　……まあ、ノアが裏から手を回していたんだろうけど」

後半、ボソボソと呟くユージンに、アイラは首を傾げる。

「何か言いました？」

「いいや、なんでもないよ。大したことじゃないからさ」

「まあ、いいです。わたしを監視していたのは、いつからですか？」

アイラが質問すると、ユージンはバツが悪そうに目を逸らした。

「……ノアに頼まれたのは、四年ぐらい前だったかなぁ」

「四年⁉　わたしがまだド新人だった時じゃないですか」

その頃の記憶を思い出そうとするが、アイラには研究のことしか浮かばない。それでも必死に頭を回転させ、ぼんやりと思い出す。

（四年前は……まだジュディが宮廷錬金術師になっていなかった頃だわ。頼りになる先輩たちが一気に引き抜かれて、まともな錬金術師がド新人のわたししかいなくて……財務部に予算も大幅に減額されて、それでもなけなしの給料を使ってまで働いて……でも、ノアとの接点なんてなかったはずよ）

あんなにも有名な第二王子と出会っていたのなら、大事な研究結果と同じぐらいに覚えているはずだ。

身に覚えのないアイラと違い、ユージンは懐かしそうに思いを馳せる。

「あの時は驚いたなぁ。作り笑みばかり顔に貼り付けた冷徹な王子様が、ただのへんた――じゃなくて、年下の新人錬金術師に骨抜きにされているんだから」

アイラの脳裏には、今までの少ないノアとの思い出が駆け巡る。そして、四年越しのねっとりとした彼からの恋情に、がっくりと膝をついた。

「……愛が……重いっ……」

逃げられない――何故か、本能的にアイラはそう感じてしまった。

そんな姿を見て、ユージンは達観した顔でアイラの肩を軽く叩く。

「アイツは基本的に淡泊で他人に関心がない冷徹なヤツだと思っていたが、それは違った。アイラ主任に対する執着は凄まじい。それのおかげで、幼馴染の僕は何度も酷い目に遭った。身体がもう……その時のことを鮮明に覚えているんだよ。分かるだろう。僕はね、ノアに逆らえないんだ。怖くて」

どこか誇らしささえ感じる潔さが腹立たしく、アイラはユージンを睨み付ける。

「ユージン師長、宮廷錬金術師の筆頭としての責務をきちんと果たしてください！」

「アイラ主任からの依頼はちゃんと達成したはずだ。カーティスを退けるには、王族と婚姻するのが手っ取り早い。何より……契約結婚相手選びが失敗しても、僕を責めたりしないと約束してくれたのは、アイラ主任だ」

人の良さそうな顔でユージンは言った。それを聞いて、アイラは目を見開く。

（ユージン師長はもしかして、最初からドラゴンの角なんて見ていなかった？）

ユージンにとっての最悪は、アイラがカーティスと婚約でもしてノアの怒りを買うこと。宮廷錬金術師師長としての責務を果たせないこと。そして責務とは、部下の望みを叶えることではなく、人材の流出の阻止と王家との太いパイプを維持し続けることだ。

ユージンがアイラとノアを結びつけたことで、さぞ未来の宰相候補である第二王子様に恩を売ったことだろう。ドラゴンの角なんて得なくても、ユージンの望みは達成されていたのだ。

最初から最後までユージンの手のひらの上で転がされているような気がして、アイラは歯噛みする。

「……こんの錬金省の強突く張りの腹黒狸！」

「酷いよ！　僕のことを責めないって約束したじゃないか……」

「ただの独り言です」

アイラが苛立ちながらそっぽを向くと、耳元に色気のある息がかかった。

「……仲がよろしいようですね」

「「ノア⁉」」

突然、現れた侵入者に、アイラは飛び退《の》いた。

「ノックはちゃんとしましたよ」

「ひ、いやぁ、ノア！　錬金省に来るなんて、珍しいじゃないか」

ユージンは声を裏返し、目を泳がせながら慎重にアイラから距離を取った。

ノアはそんなユージンを無視して、アイラに向き合う。

「結婚休暇を取得できなかったとはいえ、宰相の方から三日ほどは簡単な仕事だけでいいと言われておりまして。それが終わったので、こうして妻の仕事場を見学しに来たのです」

アイラは壁に備え付けられている時計を見た。

（……まだ、始業時刻から三十分しか経っていないのだけど）

簡単な仕事だけとはいえ、宰相補佐の業務がたった三十分で終わるだろうか。優秀さの無駄遣いだなと、アイラは他人事《ひとごと》のように思った。

「そ、それはいいことだね！　ほら、アイラ主任。研究室に連れていってあげなさい」

そう言って、ユージンはノアとアイラの背を押して無理やり応接室から出す。厄介払いするつもりだ。

「ちょっと、ユージン師長！　話はまだ終わっていない――」

アイラが振り返ろうとすると、勢いよく扉が閉められて鍵がかけられた。どうやらユージンはしばらく応接室に籠城するつもりらしい。

（ケダモノのノアをわたしに押しつけて、ひとりで逃げるなんて卑怯者！　時間がかかってもこの扉を開けて……）

アイラが腕まくりをしていると、トントンと肩が叩かれた。訝しげにノアを見上げれば、彼は事務室の中を指差した。

エリートイケメンを狙う女狩人ジュディと、下世話な話を聞きたくてたまらない仮面の変人ロゥロゥがワクワクした顔でこちらを見ている。……彼らのストッパー役である、錬金省一愛らしい常識人——ニケは、残念ながらこの場にいなかった。

「……………わたしの研究室……行く？」

「是非！」

アイラは半目になりながら、ノアを研究室に案内するのであった。

アイラの研究室は、錬金省の二階にある。主任として働いているだけあって、アイラの研究室は他の錬金術師のものよりも広い。……ついでに言うのなら、ユージンよりも。

細かな装飾と傷のついた木製の年代物の扉を開くと、僅かに薬品の香りが鼻をくすぐる。

部屋に入ってすぐ前にあるのは、来客用のソファーとテーブル。その奥はカーテンで仕切られ、シングルサイズの仮眠用ベッドが置いてある。

部屋の中央には大きな実験台が二つ置かれ、壁には分厚い書物が並んだ本棚や、錬金術の素材が置かれた棚や薬品棚。冷蔵庫や水道設備なんかも設置されている。また、大きな厨房に置かれていそうな立派なコンロもある。ここが主任錬金術師、アイラ・ジェーンズ・リンステッドの城だ。

「綺麗に整えられていますね」

ノアは子どものように好奇心で目を輝かせながら、キョロキョロと研究室を見渡した。

「そうかしら。効率重視のレイアウトで、あんまり可愛げがないと思うけど。ああ、適当に座って」

ノアは実験台の近くにある小型の椅子を引っ張り出した。

「前にユージンの研究室を見たことがありますが、足の踏み場もありませんでした」

「普段は気弱な小市民を気取っているけれど、ユージン師長は公爵家出身のお坊ちゃんよ。お掃除とかには慣れていないの」

アイラは慣れた手つきでケトルに水を入れて火にかける。そして冷蔵庫からはちみつレモンジャムを取り出すと、大振りのスプーンでマグカップに入れた。

すると、そのタイミングでケトルからピーッと沸騰を知らせる音が鳴る。

「随分と沸騰するのが早いのですね」

「熱伝導率が極端に高い金属を錬成して作った試作品よ。王宮の厨房に器具の試作品を渡して評価は上々。確か……あと半年ほどで試行期間が終わって、各部署に売り込むってユージン師長が言っていたわ」

アイラはケトルに紅茶を入れて、色が変わったところでマグカップへと注ぎ入れる。侍女や執事が見たら卒倒しそうな適当さだが、アイラは錬金術師だ。効率優先でいく。

スプーンで紅茶をかき混ぜると、爽やかなレモンの香りが広がった。

「はい、どうぞ。アイラ特製はちみつレモンティーよ」

「……いいんですか？」

「見せびらかしているとでも？　王子様のお口には合わないかもしれないけれど、良かったら飲んで」

「ありがとうございます、アイラ」

ノアは僅かに震えた手でマグカップを手に取った。そして、ふぅーふぅーと息を吹きかけ、はちみつレモンティーを一口飲んだ。

そして、少しだけ驚いた表情でマグカップの縁をなぞる。

「初めて飲みましたが、口当たりが良くおいしいですね」

「そうでしょう！　このはちみつレモンティーに使われているジャムはね、王宮の果樹園からのもらい物をわたしが調理したの。茶葉も錬金省の庭に生えているやつを適当に千切って、わたしが手揉みをして発酵させて作ったのよ」

ジャム作りと茶葉の手揉みは、考え事をしているときの精神統一にちょうど良いのだ。しかも、元手はほとんどかからない。いいことずくめだ。

アイラが自慢げに言うと、ノアは突然胸を押さえて苦しみだした。

「ああ！　なんということか」

「いきなりどうしたの⁉」

「まさか、すべてアイラの手作りだとは！　至福とはまさにこのこと。私はもう……アイラの作ったはちみつレモンティーしか飲みません！」

「いや、それは普通に病気になるからやめて」

キラキラと目を輝かせるノアに、アイラは侮蔑の視線を向けた。

「……ノアってば、随分と取り繕わなくなったわね」

「初夜での一件もありますが……ユージンからも色々聞いたでしょう？」

「監視はもうやめてね」

「はい、やめます。だってもう、監視などせずとも一緒にいられるのですから」

アイラは椅子を引っ張り出すと、実験台を挟んで向かい合うように座る。隣に座る勇気は持てなかった。

（応接室ではユージン師長との取り乱したやり取りを見せてしまったけれど、ここは落ち着いて……今後の契約結婚について探らなきゃ）

アイラは冷静さを装うように、マグカップに口を付けた。

「わたしはノアとは契約結婚の話し合いが初対面だと思っているんだけど、それよりも前に会っていたのかしら」

「……会っています。ですが、それは私の口からは言いません。いつか、アイラに思い出してほしいんです」

「ロマンチックなこと言っているけど、ノアがやっていたことはストーカーと大差ないわよ」

四年も前からユージンを使って監視をしていたなんて、たとえイケメンでも普通に気持ち悪い。

「アイラの方こそいいんですか？　私があなたを好きなのは、完全に予想外だったのでしょう？」

「その通りだけれど……宮廷錬金術師を続けるという最低条件はクリアされているから、今はいいわ。ユージン師長に頼ったわたしの落ち度でもあるし」

アイラのユージンへの信頼度は地に落ちていた。あの狸を心から信用することは、これからの人生の中でもう絶対にあり得ない。

契約結婚に関しては、現状離婚するのはまずい。傷物の元第二王子妃になんてなったら、研究予算を減額する格好のネタにされるに違いないし、新たな結婚詐欺の標的になるかもしれない。

(何よりも重要なのは……職場から徒歩五分圏内という優良物件を手放すのはかなり惜しいということよ！)

原則、王宮での職員泊まり込みが不可となった今、この離宮から出勤できるという優位性を手放したくないというのが、実験中毒アイラの本音だった。

「では、契約は続けるということでいいんですね！」

「だからといって、ノアの気持ちを受け入れる気はないわよ。部屋に突撃してくるのとか、もうやめてよね」

牽制は重要だ。ノアと取り交わした契約の都合上、無理強いはしてこないはず。それは、初夜に力尽くでアイラの部屋に乗り込んでこなかったことからも明らかだ。

きちんとノアは契約結婚について理解している。

「今はやめておきます」

「そう、よかっ——え、ちょっと……今はって何？　無理強いは契約違反よ」

「アイラが私を好きになってくれるように努力することも、自由でしょう？　決して無理強いではありませんよ。私の想いをあなたが受け入れてくれるなら」

「だから、わたしたちは契約結婚なのよ⁉」

「初夜でも言いましたでしょう。好きな相手と契約結婚してはいけないなんて、そんな決まりはありませんよ、と」

ガンとして譲らないノアに、アイラはがっくりと肩を落とす。

「……平行線ね」

「私は平行線のままにしておくつもりはありませんよ」

まるでノアに惚れるのが必然かのような物言いに、アイラは頬を膨らませた。

「残念でしたね！　わたしが世界で一番愛しているのは、今も昔もこれからも錬金術の研究だけですぅー」

いくら話し合いをしても、現時点でお互いの意見が交わることはないだろう。アイラは、急いではちみつレモンティーを飲み干した。

（現状は様子見。だけど、ノアに対する防御はわたし自身でやらないと）

男も女も狼なのだと、恋愛経験豊富なジュディが言っていた。ノアに翻弄されているだけではなく、これからはアイラからも策を講じなければ。

予想外に大変な契約結婚になってしまった。けれど……初めに想像していたよりは、待遇のいい契約結婚だ。

（まっ、悩んでいたって仕方ないわ。しばらくはノアもわたしに手を出してこないでしょうし、契約結婚の条件通り……錬金術の研究に勤しむことにしましょう！）

アイラは実験台の引き出しから、実験ノートを取り出して目を通す。

「今日は何の実験をするのですか??」

「蛍金の実用実験よ」

「蛍金……確か、蝋燭の代替品として期待されているものですね」

「まだまだ代替品には程遠いわ。基礎理論しか完成していないもの」

アイラが椅子から立ち上がると、ノアも立ち上がり子犬のように隣にぴっとりと付く。

「……邪魔はしないでね」

「ええ、しませんよ」

アイラはノアを無視して、両開きの本ぐらいの大きさの羊皮紙を実験台に広げた。素材棚から光と火、そして闇属性の魔石を取り出し、アイスピックのような鋭利な道具で砕いていく。

ちょっとした力仕事に汗をかいていると、ノアがまだ砕いていない魔石をそっと手に取った。

「単純な力仕事でしたら、私が魔石を砕きますよ」

「え⁉」

アイラは驚いて目を見張ると、高速で思考を回転させる。

（相手は素人《しろうと》だし、王子様だけど……使えるものは使った方がいいわよね。一応、契約とはいえ妻だし、夫をこき使っても罪には問われないはずよ。これも錬金術と国の発展のため！）

猫の手ならぬ、王子の手をアイラは遠慮なく、それこそ馬車馬のようにこき使う決断を笑顔で決めた。

「よろしく頼むわ。ある程度、魔石を砕いたら、属性ごとに乳鉢で擦ってね！」

「分かりました」

ノアは意外にも手際よく作業を進めていく。その姿に、アイラは感心した。

（……どこかの錬金術師の助手でもしたことがあるのかしら？）

魔石はそれぞれ属性ごとに石の硬度や材質が異なり、手際よく砕いていくのにはある程度の経験が必要だった。それなのに、魔石に馴染みのない素人だと思っていたノアが容易《たやす》く魔石を扱っている。

（まあ、ユージン師長の手伝いでもしていたのかもしれないわね。仲の良い幼馴染みたいだし）

そう納得すると、アイラは部屋の隅にあったバケツを実験台の上に置いた。中にはその辺に転がっていそうな、大小様々な石ころが入っていた。

石を大・中・小の大きさで分けていると、ノアがアイラの隣に立つ。今にも肩が触れそうな距離に驚き、アイラが大きく仰け反った。

「ど、どうしたの？」

「魔石を属性ごとに粉にしましたので、ご報告をと思って」

「早っ！」

ユージンが言っていたが、ノアはこちらが呆れてしまうほど優秀だ。

「他に何かすることはありますか？」

「じゃあ……素材棚の一番下にある赤ワインを一本だけ取ってきてくれる？　一番若いやつでね」

「分かりました」

ノアは雑用係をさせられているというのに、嬉々とした顔でワインを選んでいる。

アイラはその間にノアが擦った魔石の粉の質感を指で確かめた。

（……短時間の作業だったのに、文句なしの出来映えだわ。優秀すぎて、逆にキモい）

ノアの完璧な仕事ぶりに理不尽な感想を抱きつつ、アイラは天秤に魔石の粉をのせていく。

「前の実験では光属性の比率が高かったから、今回は火を多めにしておきますか」

一グラムずつ慎重に量り、三つの属性の粉をガラス容器に入れた。

「ワインはどうしますか？」

「二のメモリまで入れて……って、もう準備しているの⁉」

ノアは既にワインのコルクを開けており、手際よくワインをガラス容器に注いでいく。

「錬金術でワインを使うんですね。驚きました」

「ワインは錬金術で『生命の水』と呼ばれているの。未知の物質を錬成するベースに広く使われているわ。特にこのワインは万人向けしない、とっても渋くて辛めの……素材本来の味が悪い意味で強くて飲めたものじゃないのだけど、逆にそれだと不純物が少なくて錬金術に最適なの」

アイラはガラス製の撹拌棒を使って魔石の粉をワインに溶かし込む。

「なるほど。不味《まず》いと有名なこのワイナリーが潰れないのは、錬金術師たちが買い取っていたからなんですね」

「おかげで錬金術師は酒の味が分からない田舎者《いなかもの》だって言われたりするのよ」

「それは酷い。これほど素晴らしいワインはないというのに」

「錬金術師は物の価値が分かる、都会的な人間なのよ」

アイラは軽口を叩くと、撹拌棒を持ち上げる。ガラス容器の中身がゆるいペースト状になったことを確かめると、撹拌棒から絵筆に持ち替えた。そして、たっぷりとペーストを絵筆に染みこませると、羊皮紙に陣を描いていく。

「何を書いているんですか?」

「右に描かれている丸い記号は太陽と黄金を象徴。左には闇の象徴である三本足のカラスの絵。中央の蛇は反転を表しているわ」

三つの記号と絵を今度は繋げるように、丸い陣を描いていく。前世のファンタジー作品で見るような魔法陣よりも不格好だが、それと同じような効力がある。

この世界では魔力持ちが極端に少なく、そして個人個人でその質も違ったため、魔術という純粋な学問は花開くことなくほとんど消滅してしまった。しかし、その技術の一部は錬金術に取り込まれ、静かに息づいているのだ。

「錬金術は未知を、魔力を使って形にする技術よ。そして未知とは、錬金術師の想像力によって生まれる」

錬金術師を雇うのにお金がかかっても重宝されるのは、これまで当たり前だった不可能を可能にしてきたからだ。

錬金術師は多くの学問を修めながらも、それを否定――いいや、超えなければならない。……言葉だけ聞くと格好いいが、だからこそ常識人が少ないのだ。さすがに優秀な錬金術師であればあるほど変人率が上がるという噂は行きすぎだと思うけれど。

「理論上なら、魔力だけで錬金術を行使できるわ。でもそれをするには、人の魔力では圧倒的に足りない。だから補うために知識を深めて物質への理解を高め、適切な素材を用いることで足りない魔力を補填するの」

アイラは大中小に分けた石を一つずつ、太陽と黄金記号の上に置いた。周りに月下草と呼ばれる、闇と光の力がたっぷりと蓄えられた素材を置いた。そして仕上げに、太陽と熱の力を意味する砂漠の砂を振りかける。

「錬金術は知識の技術と呼ばれるけれど、それは違う。好奇心と発想力を駆使する芸術家のような一面があるわ。あと、諦めない心と魔力と体力もいるわね」

「この石はどのような山で取ってきたのですか？」

「騎士団の訓練場に転がっているのを拾ってきただけだけど？」

「……適切な素材とは……」

ノアが訝しげに言った。

「高価であれば良いというものじゃないわ。低コストも意識しないと、量産できないもの」

「アイラは蛍金を量産したいのですか？　ですが技術を独占すれば、かなりの財産を築けますよ」

確かに自分の技術を隠して、金持ちに売りつけた方が自分は豊かな暮らしができるだろう。けれど、アイラの夢を叶えるためには、そんな小さいことをしていられない。

「そんなものは興味ないわ。今回の実験で魔力のない人でも使えるようにして、ゆくゆくはすべての錬金術師が作れるようにしないと。そうしなくては、世界中に普及するなんて夢のまた夢よ」

「それでは財産はあまり稼げませんね」

「富は得られなくても、名声は得られるんじゃない？　何せ、結婚詐欺で狙われるぐらいだもの」

「では、名声もいりませんか？」

「いるわよ。目立つのは面倒だけど、研究予算が増えるもの！」

「ふふっ、アイラらしい」

アイラとノアは笑い合う。少し警戒心が足りないかもしれないとアイラは思ったが、実験中に夫婦の問題を出すのは無粋だろう。今は錬金術師と助手なんだから。

「少し眩しくなるから気をつけて」

アイラは小さな蝋燭に火を灯すと、部屋のカーテンをすべて閉めた。ぼんやりと小さな灯りがゆらりと揺れ動き、アイラとノアの顔を照らす。

陣の上に手をかざすと、アイラは魔力を注ぎ入れる。手足の先まで熱くなり、周囲の音が遠く聞こえた。ぼんやりと意識は微睡《まどろ》む気がするのに、思考は鋭く冴え渡る……そんな独自の感覚は、錬金術師となって結構経つが未だに慣れない。

頭に思い浮かべた完成図を意識しながら魔力を広げる。そして、素材・知識・魔力……その全てを分解し、一気に構成するために身体へと染みこませたキーワードを言葉に乗せる。

「錬成《アルキュミア》！」

陣も、石も、素材も、すべてが溶解した金属のようにドロリと溶けて蠢《うごめ》き、強い光を放って収束する。

光が落ち着き、再びぼんやりとした蝋燭の灯りだけになると、アイラは一カ所だけカーテンを開けた。日光に照らされ、実験台に大中小の石が一つずつ置かれているのが見えた。

「これが蛍金ですか。意外に茶色っぽいのですね」

ノアが感心したように、完成した蛍金を見た。

「茶色というか、赤黒くない？　血を吸った石みたいでちょっとホラーだわ。ワインを錬成に使うと、見た目がエレガントにならないのが欠点なのよねぇ」

普段アイラが使っている蛍金はワインを使っておらず、普通の鉄のような鈍色《にびいろ》だった。しかし、今回は制作者以外でも扱えるように素材を色々と変更した結果、この色になったのである。

「ノアは魔力持ち？」

「いいえ。ちがいます」

「ちょうど良かったわ！　まずは、小さいものからね。手を出して」

ノアの手を無理やり取ると、完成した蛍金をアイラの両手で包み込むようにして、ギュッと握らせる。

「条件付けをしてみたの。手……というか、皮膚で触れて光あれ《ルーメン》と言ってみて」

皮膚接触した者のキーワードを感知し、石に含まれた魔力と周囲の自然から魔力を調達して発光させる。これが成功すれば、魔力なしでも蛍金が扱えるようになり、電気の概念がなくとも、家や街を夜でも明るく照らすことができるようになるのだ。

（まさに異世界のエジソン！　……それは言いすぎかなぁ）

アイラは今か今かと結果を待っていたが、肝心のノアが一向に動かない。

「……ノア、どうしたの？」

「このまま、時が止まれば良いのに……」

ノアは自由になっているもう片方の手で口を押さえ、何か得体の知れないものに浸っていた。

「普通に気持ち悪いわね。まったく……いいから早くして。時間は有限なのよ」

さすがにアイラの苛立ちが伝わったのか、ノアはキリリとした顔に戻るとキーワードを紡ぐ。

「光あれ《ルーメン》」

パァーッと蛍金は光るが、それは精々懐中電灯ほどの明るさだ。とても、一部屋を隅々まで照らすことはできないだろう。

アイラはノアから蛍金を奪い返すと、ポケットから取り出したルーペを使って観察を始める。

「光の輝きは……少し弱いわね。空気中の魔力を上手く取り込めていない？　そうすると、水や風の魔石を加えて……でも、そうするとバランスが……何これ、熱いっ！　火属性が強すぎるのね。そこを減らして……」

「あの、アイラ？」

「何をやっているの、ノア。全部の石を光らせて、記録を取らなくてはいけないのよ。それが終わったら、魔石の比率を変えて再度実験よ！」

「……ア、アイラ？」

困惑するノアに、アイラは不機嫌な顔をずいっと近づけた。眼前に宝石のように美しい碧の瞳があるが、アイラにとって価値があるのはそれよりも赤茶色の見た目の悪いこの石だ。

「不満なの？　手伝うって言ったなら最後までやってもらうわよ。意地でも、今日はずっと……ずぅっっと、付き合ってもらうんだから。絶対に離さないわよ」

「はい、喜んで！」

実験の素晴らしさが伝わったのか、ノアが元気よく返事をした。


七回目の実験が終わった頃、アイラの研究室の扉が開いた。怪しげな仮面と民族衣装を着た男が、ピクニックで使うようなバスケットを持って、ひらひらと手を振る。

「ややあ、実験は順調カナ？」

「あら、ロゥロゥ。どうしたの？」

アイラが問いかけると、ロゥロゥはノアをじっと見つめる。

「初心者のノア殿下には、アイラの助手は荷が重いと思っていたんダケド……意外に生き生きとしているネ」

「今までの人生の中で一番充実した時間を過ごしております！」

ノアもアイラと同じで一睡もしていないはずなのに、溌剌とした笑顔でそう言った。

「さすがのボクも驚きダヨ。噂通り、ノア殿下はアイラにご執心なんだネ。もしかしたら、訳あって契約結婚でもしているのカモ……と思っていたヨ」

う、嘘でしょ……ロゥロゥに結婚を怪しまれていたの⁉

アイラは必死に動揺を抑えながら、あえてロゥロゥの目を真っ直ぐ見る。

「そ、そんなことあるはずないじゃないですか」

……声が少し裏返ってしまった。

しかし、ロゥロゥはそんなアイラの些細な変化に気づかなかったのか、軽い調子でパチンと指を鳴らす。

「だよネー」

アイラはホッと息を吐くと、咳払いをして仕切り直す。

「ところで、ロゥロゥ。何か御用があったんですよね？」

「そうだっタ。ニケが研究室から出てこないふたりを心配して、昼食を作ってくれたヨ。しっかりと食べてくれヨ。あまり実験を飛ばしすぎてもいけナイ。適度な休息は大事だヨ」

ロゥロゥはバスケットから紙に包まれたサンドイッチを取り出すと、慣れた様子で応接セットのテーブルの上に置いた。

そして一番ふかふかのソファーに、第二王子様を差し置いて飛び込んだ。ついでにゴロゴロと自分の家のように寛ぎ始める。

「サボり魔が何を言っているんだか。でもまあ、休憩は必要よね。お茶を淹れるわ」

アイラがお湯を沸かしていると、少しノアが警戒した様子でロゥロゥの向かいのソファーへ腰を下ろす。

「……ロゥロゥも一緒に食べるんですね」

「不満そうな顔だネ。安心したまえ、ボクは既につまみ食いでお腹いっぱいダ」

「それはつまみ食いとは言わないのでは？」

「そうとも言うネェ」

アイラはだらしないロゥロゥを見て、少し離れた場所で溜息を吐いた。

「また、ニケ先輩を困らせて。ニケ先輩のもふもふの毛並みがゴワゴワになったら、ロゥロゥのせいですからね。すべての王宮職員に恨まれますよ」

「それは恐ろしいネ」

「本当にそう思っているんだか」

ロゥロゥはバタバタと足を動かし、それに飽きると寝転がりながら頭を片腕で支え欠伸《あくび》をする。

「アイラ、ボクにもお茶をくれるカナ。ちょっとぬるめでネ」

「はいはい、分かりました」

アイラはトレーの上にカップをのせて、テーブルへと運ぶ。そして、ノアの隣に座ると、それぞれの前にカップを置いた。

「筒状のカップだなんて、変わっていますね。お茶の色も緑色、ですか？」

「結構おいしいのよ」

カップは湯飲みのような形状で取っ手がない。そして、中に入っているのは緑茶だ。前世の日本でよく飲まれていたものであり、紅茶よりも茶葉作りが簡単なので、アイラの研究室には常にストックがある。

……ロゥロゥが特に好んでいるので、思わず淹れてしまった。このことをノアに言うのはよそう。とてつもなく面倒なことになる予感がするから。

「前途ある若人ふたりに占いをしてあげるヨ。ボクからのささやかな結婚祝いサ。内容はそうだナ……ズバリ、これからの結婚生活についてダ！」

ロゥロゥは急に立ち上がると、意気揚々と叫んだ。相変わらず変人である。

「確か……ロゥロゥは錬金術の中でも占星術に秀でていると陛下から聞いたことがあります」

ノアが普通に王族らしい返答をする。

ロゥロゥは芝居がかった仕草でやれやれと手を振った。

「面白くないから今回はやらないヨ！　占星術なんて、十年以上やっていないしネ」

「あなたの専門はそれでしょうが」

思わずアイラは先輩に向かって、鋭い指摘をしてしまう。しかし、ロゥロゥは堪《こた》えた様子もない。

「南にある島国の伝統的な占いダヨ」

ロゥロゥは自分の湯飲みに手をかざし、奇妙に指をバラバラに動かして、何やら念のようなものを送り込む。

「オンサバラッタ・ルタ・ムンテルケンガ！」

鳥の奇声かと思うほど耳障りな声で叫ぶと、急にピタリとロゥロゥの動きが止まる。

「……何その呪文」

「ボクもよく分からないヨ。初めてやる占いダシ」

ロゥロゥは乱暴に湯飲みを掴むと、一気にお茶を飲み干した。

「ていヤー」

懐から白いハンカチを取り出すと、その上に逆さまにした湯飲みを置く。十秒ほど経ってから湯飲みを持ち上げると、当然ハンカチにはお茶の染みが付着していた。

「フム……占いの結果が出たヨ」

「今ので⁉　ふざけてたようにしか見えなかったのだけど！」

アイラは絶対にインチキだという顔でロゥロゥを見るが、ノアはワクワクした表情で身を乗り出す。

「それで占いの結果はなんと？」

「近いうちに夫婦にとって、大きな試練が立ちはだかるヨ。それを乗り越えられるかは五分五分といったところカナ」

「乗り越えられたら？」

ロゥロゥの占いの結果に、ノアは顎に手を当てて考え込む。

「他人では引き裂けない深い絆で結ばれるネ。夫婦円満ということサ」

「深い絆……夫婦円満……なんと甘美な響きか……」

ノアは胸の前で両手を組みながら、あらぬ方向を見て頬を染めていた。とんだお花畑野郎である。

「乗り越えられなかったらどうなるの？」

アイラが現実的な質問をすると、ロゥロゥは人差し指を顎に当てながら首を傾げる。

「ン？　普通に破滅するネ。仲良く絶望のどん底にコンニチハ。ふたりの運命は以後、交わることはナーイ！」

「はぁぁあああ⁉」

「アハハ、そんな驚かなくてモ。ただの占いなんだからサ。アイラも占いに一喜一憂するなんて、やっぱり女の子だネ」

「無責任なこと言うな！」

ファッション雑誌に掲載されているものや、テレビで毎日流れている当たり障りのない占いとは訳が違う。

この錬金術が存在し、ドラゴンなんかの魔物も住む異世界で、陛下に認められているほどの占星術師がやった占いなのだ。

(この国一の占星術師がやったのよ！　いくら、馴染みのない異国の占いだからといって侮れな――)

ふと、アイラの脳裏に、先日ロゥロゥがやった占いが浮かんだ。靴を飛ばしてその傾き方で翌日の天気を占うというものだが、ロゥロゥが出した占い結果は雨。しかし、実際の天気は雲一つない晴れ空だった。

(……いったい、どっち!?　絶望のどん底にこんにちはとか、洒落にならないのだけど！)

頭を抱えて唸っていると、ノアがアイラの口元に何かを押しつけた。

「まあまあ、アイラ。これでも食べてください」

「もぐっ」

芳醇な小麦の香りと、食欲を誘うバターの香りに誘われて言われるがままに齧り付く。そういえば、今日ははちみつレモンティーでしか栄養をとっていなかったなと、今更になって思い出した。

「ロゥロゥの専門は占星術なのでしょう？　それでしたら、今回の占いの精度はあまり良くないはず……それはそれで困りますね。夫婦円満は大事です」

「……フォローになっていないわ」

アイラはノアに与えられるがままサンドイッチを食べる。

(手を使わないで食べられるって、思った以上に楽ね)

元々、食事を疎かにしがちで面倒くさがりのアイラは、ノアの給餌行為を拒否することはない。

「次、お茶」

「どうぞ、アイラ」

甲斐甲斐しく世話を焼くノアを見て、ロゥロゥは居心地悪そうに席を立つ。

「ンー、なんだか雲行きが怪しくなってきたネ。ボクはそろそろサボりに戻るヨ」

「あっ、待ちなさい！」

アイラが声をかけるが、ロゥロゥは振り向きもせずに小走りで出ていった。

「逃げられてしまいましたね」

そう言いながらも、ノアの表情は残念そうではない。そしてアイラは今更ながら、これは世に言う『恋人同士のあーん食事法』なのではと思い当たる。

「ノア、食べ終わったら、実験を再開するわよ！」

アイラはノアからサンドイッチを引ったくると、むしゃむしゃと残りを食べた。

ノアは物欲しそうな表情をしているが、アイラは無言で残りのサンドイッチを指差すのであった。

＊＊＊＊＊

「そろそろ終業時刻です。帰りましょうか、アイラ」

ノアの言葉にハッとして外を見れば、既に日が落ちている。試作品の蛍金の光が部屋を明るく照らしていたため、時間の変化にまったく気が付かなかった。

「ま、まだ実験が……」

アイラが上目遣いでノアを見上げると、彼は真面目な顔で首を振った。

「ダメです。泊まり込みは禁止となったのですから」

「もう、なんで王宮の泊まり込みがダメなのよ！　誰だ、そんな決まりを作ったのは！」

アイラが悪態をつくと、ノアは小さく笑みを零す。

「実験ノートぐらいなら、持ち帰ってもいいのではないですか？　書類は王宮外に持ち出し不可ですが、私たちの家は王宮の中にあるので」

「天才か！」

物は言いようだなと思いながら、アイラは帰り支度をする。

「では、帰りましょうか」

「そうね」

アイラはノアの視界に入らないように気をつけながら、実験ノートとついでにとっておきの武器を鞄に忍ばせた。


「お待ちしておりました、ノア様、アイラ様」

離宮に帰るとエントランスで、長い栗色の髪が印象的な青年が恭しく頭を下げた。

「……えっと、誰ですか？」

「彼は私の従者兼執事です。主に離宮の管理を任せていて、時々王宮での仕事も手伝ってもらっています」

「ヒューイ・エルソンと申します」

顔を上げたヒューイとアイラの視線が交差する。

長身でガッチリとした体格に、執事では珍しい長髪、そしてオシャレな黒縁のメガネ。平凡な顔立ちだが余裕を窺わせる雰囲気を纏っていて、ノアとは違う方面で人気が出そうだ。失礼ながらもアイラはチャラそうという感想を持ってしまった。黒の燕尾服があまり似合っていない。

「アイラです。よろしくお願いします、ヒューイさん」

慌ててアイラが挨拶をすると、ヒューイは微笑み目を伏せた。

「どうぞ、気軽にヒューイとお呼びください」

「分かったわ」

子爵家出身のアイラを見下すこともなく、一歩引いた動作は惚れ惚れしてしまう。外見はともかく、所作は完璧な執事のようだ。

「エルソン家は代々王家の身の回りの世話をする者が選ばれる家系で、ヒューイとは赤ん坊の頃からの付き合いなんですよ」

「ユージン師長と一緒で、ノアの幼馴染みたいな感じなの？」

「そうなんです。……ですから、ヒューイ。離宮の中でも猫を被るのはやめなさい」

ノアが溜息を吐くと、ヒューイはその場で飛び跳ねた。

「え？　いいのかよ、ノア！　いやー、正直堅苦しいのなんの」

外見通りの言動にアイラは目をぱちくりとさせる。

「アイラ。ヒューイは生真面目で有名なエルソン家唯一の適当人間なんです」

「力の抜き方を知っているだけさ。要領がいいと言ってくれよ」

気の抜けた会話に、アイラはクスリと笑う。

「でも、良かったわ。ヒューイみたいな人の方が、わたしもやりやすいと思うし。ノアと同じような態度でわたしにも接してくれると嬉しいわ」

アイラは蝶よ花よと大事に育てられた正統派の貴族令嬢ではなく、オタク家族にのびのび放任されて育った野性味溢れる令嬢である。新しい家でしっかりしろと使用人たちから圧をかけられるような生活はごめんだ。

「俺も懐の深そうな奥様で良かったよ。いきなりの部署異動だから、アイラ様がどんな人か事前に調べることもできなかったしな。それに引き継ぎが終わらなくて、昨日はアイラ様に会うこともできなかったし……」

「昨日はこの離宮にいなかったの？」

そういえば……ノアはヒューイに契約結婚のことを伝えているのだろうか。基本的には身内にも話してはいけないという約束だが、しかし完全に秘密にするのは難しい。

普段、一緒に生活しない身内と違い、常に主の生活に気を配る使用人ならば尚更だ。

「俺はいなかったけど、かわりに従妹《いとこ》がいたはずだぜ」

「従妹さん？」

「アイラ様の侍女をしているはずなんだけど……その様子だと会っていないか」

「ええ、そうね。メッセージカードとかは見たんだけど……」

そうなると、ヒューイの従妹にはアイラとノアの初夜の攻防を見られていたということだ。

（そこまで配慮していなかったわ。でも、ノアも契約結婚のことを口走っていたし、侍女には知られてもいいということよね？）

アイラが悶々と考えていると、同じようにヒューイも腕を組んで考え込んでいた。

「従妹はものすっごい優秀なんだが……極度のあがり症で、極度の人見知りで、極度の恥ずかしがり屋で、極度の口下手なんだ。姿を現さないのは許してやってくれ。あと名前も……今アイラ様に教えたら失神すると思うから少し待ってやってくれ」

果たしてそれは、ものすっごい優秀と言えるのだろうか。……そう思ったが、空気を読むアイラはツッコむことはしない。

「別にいいわよ。丁寧な仕事をしてくれているみたいだし」

現状、特に不便はない。急に侍女に傅《かしず》かれて、何から何まで生活の面倒を見てもらうというのも、まだ抵抗がある。

「わたしも侍女が側にいる生活には慣れていないの。侍女になってくれたヒューイの従妹と一緒にわたしも成長できればと思うわ」

「ありがとうございます！　おっ、アイツも喜んでますね」

……喜んでますね？

アイラは天井や物陰など辺りを見渡すが、人の姿も気配もない。やはり、アイラの侍女は忍びなのではないだろうか。

さすがノアが選んだ使用人。癖が強すぎる。

「まあ、そんな訳で、俺と従妹がこの離宮を管理し、ノアとアイラ様の身の回りの世話をしているから、何かあったら声をかけてくれ。本当は第二王子一家なんだから、もっと使用人をつけるものなんだが……」

「ダメです。アイラの心労になることはできません！」

アイラも同意するように激しく頷いた。

「そう？　俺もその方が気楽だから助かるー。従妹が優秀だから、仕事も上手く回せそうだし」

軽い口調で言った後、急にヒューイの纏う空気が硬質なものへと変化する。

「ノア様、アイラ様。お食事の準備はできておりますが、どうなさいますか？」

「このまま食事にしましょう」

「そうね。家に帰ってきたら、なんだか疲れが出てきたみたい」

ヒューイの完璧な変化に、アイラは感心する。ちょっと変な人だけれど、ノアが連れてきただけあって優秀な執事なのだ。

夕食は問題なく終わり、お腹が満たされ、お風呂にも入ってスッキリしたアイラは、広々としたベッドを堪能するようにゴロゴロと転がっていた。

そして予想していた聞き覚えのある丁重なノック音が響くと、すぐに立ち上がって気を引き締めた。

そっと扉を開ければ、昨日と同じように使い慣れた枕を持ったノアが立っていた。

「こんばんは、アイラ」

「……性懲りもなく来たわね」

アイラは警戒心を覗かせて言うと、ノアの後ろを確認する。

「ヒューイは？」

「別室で事務仕事をしていると思いますが？」

「そう。まあいいわ。入っていいわよ」

昨日とは違い、アイラは自分のテリトリーにノアの侵入を許した。彼は枕が千切れるのではないかと心配になるほどギュウギュウと両手で締め付ける。

「いいのですか⁉　ダメと言われても、もう止まれませんからね！」

興奮したノアにアイラは余裕のある笑みを見せる。

「わたしが策もなく招くと思った？」

キャビネットの上にある、手のひらサイズの鉢植えを取るとノアに見せつける。

「……その鉢植えはなんですか？」

「中に種が埋めてあるの。ジュディ特製撃退植物キメラ『不埒者《ゴミ》から乙女を守るくん』よ。昔もらったのを引っ張り出してきたの」

「なんというか……独特というか、直球なネーミングですね……」

美人で強かで隙なんてなさそうなジュディだが、彼女には一つだけ欠点がある。それは絶望的にネーミングセンスがなかった。……分かりやすくはあるのだが。

しかし、宮廷錬金術師となるだけあって、彼女の作る植物キメラは一級品。いかれている、最も敵に回したくない錬金術師、などと王宮で密やかに噂されているほどだ。

アイラは鉢植えに魔力を流すと、発芽のキーワードを高らかに口ずさむ。

「花開け《フロース》」

小さな鉢植えに似合わない大きさの芽が出たかと思えば、ニョキニョキとあっという間に一・五メートルほどに成長し、真っ赤な蕾がつく。しかしその蕾は開くことなく二つに裂け、ギザギザの牙をガチガチと鳴らした。


――プシャァァアア！

植物キメラ『不埒者《ゴミ》から乙女を守るくん』――略して守るくんが強烈な雄叫びを響かせたのと同

時に、ノアが無表情になった。効いてる効いてる。

「わたしに危害を加えようとする者を丸呑みしてくれる頼もしい騎士よ」

「騎士などではありません！　アイラの一番近くで添い寝するなんて羨ましい……私の恋敵です。なんと憎らしい！」

「……錬金術師も驚きの発想だわ」

アイラはジトッとした目でノアを見た。

いくら徹夜に慣れているとはいえ、結婚式の疲労も取れずに二日起きているというのは、さすがのアイラも堪える。

「もう、わたしは寝るわね。この子がいてもいいなら、一緒のベッドで寝ていいわよ」

「この程度の試練で私が引くとお思いですか！　そんな植物キメラよりも、私の方がアイラを愛しています」

「なんかもう……考えるの疲れたわ」

アイラがベッドに入るのと同時に、ノアも潜り込んでくる。何度かアイラに接近しようと企んだが、すべて守るくんが阻止してくれた。

アイラは自分に恋している男の隣で、ぐっすり安全に睡眠を堪能するのであった。

最初は不安でいっぱいの契約結婚だったが、意外にもアイラは快適な生活を送っていた。

朝起きて、食事をして、仕事に行って、ちょうど良いタイミングでノアが迎えに来て、食事とお風呂を済ませて、その日の実験を振り返り、ゆっくりと眠りに落ちる。

未だかつてないほどに規則正しい生活は、アイラに活力と冴え渡る思考力を与えていた。錬金術の研究が捗って仕方ない。

夜は相変わらず植物キメラの守るくんがしっかりとガードしてくれていて不安がない。もはや、ノアがアイラに強烈な恋情を抱いていて動揺していた結婚当初など、軽いハプニングだったなと、たまに思い出すぐらいだ。

結婚一ヶ月目にもなると、「結婚最高！」と叫ぶぐらいには余裕が生まれてくる。

しかし、調子に乗っていた訳ではないと思う。

ただ、この快適さが異常だと気づくのが遅かったのと……王族の妻の行動力を甘く見ていただけで。

アイラはいつものように事務室でニケの淹れた珈琲を飲み終えると、書類を持って立ち上がる。

「さて、今日も元気よく実験を――」

「アイラ第二王子妃はいるかしらぁぁあああ！」

けたたましい女性の怒号に、アイラは「ひぇ！」と小さく悲鳴を上げると、書類をすべて床に落としてしまう。

隣で珈琲を飲んでいたジュディが、珍しく親切に書類を拾ってくれた。

「……お客様よ、アイラ」

そして、同情心がありありと感じられる瞳でアイラを見つめた。

「きょ、今日は来客の予定なんてないわ」

「修羅場カナ？」

珍しく定刻通りに出勤してきたロゥロゥを、アイラはキッと睨み付けた。

「なんで妙に楽しそうなんですか！」

アイラが強く言うが、ロゥロゥはヘラヘラと手を振った。

ニケはピンと尻尾を立てながら、同じ場所を行ったり来たりしている。

「うーん、困りましたにゃ。今はちょうど来客用のお茶菓子を切らしているにゃ……」

純粋で愛らしい猫ちゃんは、突然の訪問者へのお茶菓子を心配していた。……そんなことよりも、アイラのことを心配してほしい。

「ニケ先輩！　ユージン師長はどこにいるんですか⁉」

「今は臨時の会議に出ておりますにゃ。近々、夜会を開催するとかで」

「助けて、ユージン師長！」

必死に祈るが、錬金省の腹黒狸は白馬の王子様のように颯爽とアイラを助けには来てくれなかった。

「潔く諦めなさいよ」

ジュディの冷たい言葉に項垂れていると、セキュリティ対策なんてしていないボロボロの玄関の扉が、鍵ごと弾き飛ばされた。

「お邪魔いたしますわ！」

堂々とした所作で入ってきたのは、見覚えのある美しい女性だった。背中まである艶やかな赤い髪に、キリッとした瞳。自信に満ちあふれ、高貴さが一目で分かる美しい顔立ち。スラリとしていながらも、出るところは出ている女性ならば誰もが憧れるスタイル。圧倒的な美貌がそこにあった。

肩を露出させた、真っ赤なドレスを容易く着こなしてしまう彼女は、半年前の輿入れから『ラウシェンバッハの気高き紅薔薇』と謳われ、若い紳士淑女の憧れの的で有名人だった。

そう、彼女こそ、周辺国随一の軍事国家、ラウシェンバッハ王国第三王女にして、リンステッド王国王太子の妃――そして、アイラの義姉エルザ・ラウシェンバッハ・リンステッド、その人なのである。

「エルザ王太子妃殿下⁉」

アイラが声を上げると、青筋を浮かべたエルザが振り返った。美人が怒るとはこれほど恐ろしいのかと、アイラは震え上がる。

「アイラ第二王子妃。よくも……わたくしの招待状を散々無視し続けてくれましたわね！」

「招待状⁉」

エルザからの招待状など、アイラは見たことがない。しかし、エルザが殴り込んできたことから考えて、送ってきたのは間違いないようだ。

おそらく、離宮に届いているはずなので、ヒューイかノアがアイラに渡さず処理をしていたということだろう。

（……社交はしなくていいって言っていたけど、本当にすべてシャットアウトしていたっていうの⁉　さすがに、王族同士のお付き合いは最低限しなくちゃいけないと分かっていたわよ！）

結婚してからのこの一ヶ月間、確かにアイラにはなんの社交のお誘いもなかった。てっきり、下級貴族出身の第二王子妃なんてお呼びじゃねぇとばかりに相手にされていないと思っていたのに。

（錬金術の研究が楽しすぎて失念していたわ。でも……優秀なノアとヒューイのことだもの。きちんとした断り文句を入れているはず……よね？）

アイラの希望的観測を裏切るように、エルザは腕を組んでこちらを睨み付ける。

「体調不良だとか、適当な断りを入れてくるくせに、職場には毎日きっちり出勤しているってどういうことですの⁉　嘘を吐くのなら、もっとマシなものにするべきですわ！　これは、わたくしに対する宣戦布告と受け取りますからね！」

アイラは白目を剥いてその場で震える。

エルザの憤怒の表情を見て、錬金省のメンバーは小さく呟く。

「……そりゃそうだわ。アイラってば馬鹿なの？」

「アイラさん、いくら研究中毒とはいえ限度がありますにゃ……」

「社会的常識が欠落しているのはいただけないよネ」

非常識の塊のロゥロゥに言われると癪だが、否定している暇はない。アイラはバクバクと鳴る自分の心臓の音を聞きながら、どうにかエルザの怒りを鎮められないか苦心する。

「ち、違うんです、エルザ王太子妃殿下。招待状が届いているなんて、わたしは知らなくて……」

「黙りなさい！　問答無用ですわ」

しどろもどろな言い訳を一括すると、エルザは手をパンッと叩く。

すると、その合図を待っていたかのように、屈強な騎士たちが現れてアイラを荷物のように担ぎ上げた。

「いやぁぁあああ！」

アイラの叫びが虚しく響き渡る。

それを聞いた錬金省のメンバーが心配して追いかけることはなかった。


アイラが連れてこられた先は、見知らぬ離宮だった。

来客用のテラスに案内され、美しく手入れされた庭を見下ろしながら、何故かエルザとの御茶会が始まった。

出入り口は彼女の侍女と騎士によって塞がれ、テラスの真下は鋭い棘を持つ薔薇が咲いていた。実際に縄でグルグル巻きにされている訳ではないが、そうされているような気分でアイラは向かいに座るエルザに視線を向ける。

「とっておきのお茶を淹れたのですわ。ああ、お菓子もありますわ。どうぞ、召し上がれ」

彼女がそう言うと、侍女が澄んだ赤色のお茶が注がれたカップをアイラの前に置いた。

テーブルの上にはケーキやクッキーなどのお菓子はもちろん、サンドイッチやクラッカーなどの軽食も置かれ、摘んだばかりの美しい花々などが飾られている。

……パッと見た感じでは歓待である。

しかし、社交界では煌びやかな見た目と裏腹に、建前と皮肉の応酬が繰り広げられるという。故に社交経験の乏しいアイラは怯えていた。……これは絶対に激怒していると！

「いや、あのですね……」

どうにかこの場から一時退却しようと口を開くが、それを静止するようにエルザはアイラに怖いぐらい優しく微笑んだ。

「召　し　上　が　れ　」

「……はい」

エルザの圧に屈したアイラは、カタカタと手を震わせながらカップに手を付ける。少し赤みがかった紅茶を一口飲むと、芳しい薔薇の香りが広がり、遅れてふわりと甘いバニラが香る。そして、後を追うように爽やかな口当たりの紅茶が包み込んだ。

心がリラックスする味に、アイラはホッと息を吐く。

「おいしいです」

「そうでしょう。わたくしは薔薇が大好きで、このローズティーもお気に入りなんですのよ」

そう言って、エルザは幸せそうに自分のカップへ口を付ける。ローズティーが好きというのは嘘ではないようだ。

……謝るのなら今しかない。

「エルザ王太子妃殿下……招待状を無視してしまっていたようで、申し訳ありませんでした」

「いいのよ。あなたの顔を見れば、本当に知らなかったのは分かるわ。どうせ、ノアが隠していたのでしょう。あの子、わたくしとアイラ第二王子妃を近づけたくない様子だったから」

意外にも落ち着いた対応にアイラは虚を衝かれる。少しだけ、肩の力が抜けた。

「それは言い訳にしかなりません。本来ならば、わたしの方からご挨拶に行くべきでした。第二王子の妻として自覚が足りなかったです」

研究にかまけて、契約結婚生活を疎かにした結果だろう。もっとノアとコミュニケーションを取るべきだったのだ。

(錬金術の話とか、くだらない日常会話とかならノアとよくしていたけれど、社交や王家の話は一切していなかったわね)

今更ながら、ノアはアイラにかなり気を遣ってくれていたのだ。きちんとそれを理解していなかった自分が恥ずかしい。

「そうね。わたくしは傷つきました。償っていただこうかしら」

エルザからの返答は思っていたのと異なっていた。アイラの背に冷や汗が流れる。

(普通、そこはもっと……許している雰囲気にならない⁉)

何を要求されるのかとビクビクするアイラに、エルザは艶然とした笑みを浮かべた。

「わたくしのことは、エルザお姉様と呼びなさい」

「……え?」

思ってもみない方向からのジャブに、アイラは目が点になる。すると、エルザの目がギラリと光る。

「エ ル ザ お 姉 様 」

「はい、エルザお姉様!」

「よろしい。わたくしはアイラと呼ぶわ。いいわよね?」

「光栄です!」

アイラは軍隊の下っ端のように、条件反射で威勢良く返事をした。

「ふふっ、わたくしは気兼ねなく可愛がれる妹が欲しかったの。故郷では異母兄弟ばかり、しかも権力争いもあってギスギスした家族関係だったから」

「……生まれながらの王族というのは、やはりとても大変なのですね」

確かラウシェンバッハ王国は、戦が絶えず国も安定していなかったため、跡継ぎが不足しないように後宮制だったはずだ。

跡継ぎや政略の駒に事欠かないというのは、国としては良いのかもしれないが、家族仲はあまり良くなれないらしい。

「だから、アイラとノアが結婚してくれて、わたくしはすごく嬉しかったのよ。正直に言うと、他国から嫁いできたわたくしは、まだこの国で確固たる立場を築いていない。そんな中で、優秀な第二王子が国内の有力貴族出身の妻を得ていたら、権力争いで勝ち残れるか分からなかったもの。まあ、もしそうなっていたら全力で戦っていたけれど」

「そう、なんですか……」

好戦的な性格は、さすが軍事国家ラウシェンバッハの王女というところだろうか。

「低位貴族で特定の派閥に与していないご令嬢。しかも、権力にはまるで興味がなく、義弟のノアを心から愛してくれている。可愛がらない訳ないでしょう？」

輿入れから半年ほどしか経っていないが、エルザはノアとも良好な関係を築いているようだ。しかも、彼の方が年上なのに完全に弟扱いである。

（……とりあえず、友好的に接してくださっている……よね？）

招待状の経緯から下手に出るしかないということもあるが、何よりエルザ自身が嫌みのないサッパリとした対応をしてくれるので、アイラとしても友好を結ぶのは一向に構わない。

「ありがとうございます、エルザお姉様」

「別にお礼なんていらないわ。わたくしがあなたを可愛がるのは当たり前のこと。共に権力の頂点を目指す者なのだから」

満足そうな顔をするエルザを見ながら、アイラは言葉を反芻させる。

「……権力の……ちょう、て、ん……」

長典、頂天、チョウテン?

何度思考しても、アイラの脳内は残念ながら現実逃避できずに、嫌な可能性ばかり突きつけてくる。

「王族の妻になったのですもの、当たり前でなくって?」

「……え、いや……わたしには恐れ多いといいますか……」

「もしかして、アイラったら勘違いしているの? ……ああ、でも……そうよね。子爵令嬢から第二王子妃となったから……安心してちょうだい。言葉通りに受け取らなくていいのよ。何もわたくしは陛下や王太子殿下に取って代わろうだなんて、恐ろしいことは考えていないわ」

「で、ですよねー」

アイラは胸を押さえ、深く息を吐く。

エルザは扇子を取り出すと、優雅に大きく広げた。

「そうよ。この国の半分を完全に支配してやろうと思っているだけですもの」

「…………え?」

「この世にいるのは男と女。男の世界を支配するのが陛下や王太子殿下、ノアならば、煌びやかで愛憎渦巻く女の世界を支配するのは、女性王族のわたくしとアイラでなくては」

「わ、わたしには荷が重いというか……」

権力なんて興味ありません！　……と叫べたら、どんなに気持ちが良いか。

しかし、相手は王族出身の義姉。残念なことに、凜としたエルザの瞳は親切心に溢れていた。

「弱気でいたら足を掬われますわ、アイラ！　権力とは身を飾るアクセサリー。煌びやかに己を引き立てることもあれば、手に入れるために破滅することもあるのよ。女の世界を支配できなければ、わたくしたち王族の妻に安寧の日はないのですわ！」

「安寧の日がない⁉　具体的にはどんなことが起こるのですか？」

「しっかりと権力を握っていないと、身に覚えのない酷い噂を立てられても打ち消すことはできないわね。わたくしだったら、王太子殿下以外の殿方と姦通してる。アイラだったらそうね……研究予算を横領している、とか」

ドキンとアイラの心臓が跳ねる。

「わ、わたしはそんなことしてません！　銅貨一枚にいたるまで、しっかりと余さず研究に投じています。ええ、もちろん！」

「そんな事実は関係ないのよ。心ない者が権力の頂点となれば、それが真実になるのだわ。噂とは時に人を殺せるのよ」

「……他にはどんなことが起きる可能性があるのですか？」

恐る恐る聞くと、エルザは神妙な顔で頷いた。

「陰で横領や罪を犯してこの国に不利益なことをしたり、王宮内の人事を掌握してこちらの力を削いだりね。その影響で、アイラの場合だと研究予算が削られたりするのではないかしら。同性だから分かるけれど、女はとても恐ろしい生き物よ」

「それは困ります」

アイラも女性の恐ろしさは良く知っている。

あれは学生時代のこと。高貴な血筋と噂されていたサイード神国出身の主席と競い合っていたアイラは、授業などでよく彼と会話していた。そのせいで彼を慕う女生徒から理不尽な嫌がらせを受けることがあったのだ。錬金術師になれず退学……の一歩手前までいったが、自力でなんとか撃退し、酷く精神的に疲れたことを覚えている。

ノアとの契約結婚を渋ったのも、この経験が原因だ。

「あとは……そうね。わたくしたちの愛する夫に側室候補をけしかけて、妻の座から蹴落とそうとしたり」

「え、それはもっと！」

職場まで徒歩五分圏内の離宮を手放すのなんて絶対に嫌だ！

「そうよね。好いた男を他の女に取られるだなんて、わたくしたちの矜持が許さないわ」

「は、はい」

エルザの乙女チックな理由に罪悪感を刺激されながらも、アイラは頷いた。

「権力を掌握することで、わたくしたちにもメリットがあるのよ。たとえばそう……社交界で有益な情報を仕入れて利用するとか。アイラだったらそうね……希少な錬金術の素材の情報をいち早く手に入れられますわよ」

「それは嬉しいです！」

正規ルートの素材購入は情報戦が命だ。アイラはそれがあまり得意ではなく、仕方ないので闇市でこっそりと素材を買ったりしている。

「他には王宮の勢力――財務部を牽制して、また予算を増やすとか」

「なんて魅力的な話！　是非とも協力させてください」

予算増額。錬金省、不遇の貧乏時代を知っているアイラは、条件反射ともいえるスピードでエルザと握手を交わしていた。

契約成立である。

「良かったわ。これでノアを責め立てる声も小さくなるでしょう」

「……ノアを責め立てる？」

アイラが首を傾げると、エルザが少し驚いた表情を見せた。

「まあ、色々と噂を立てられているわ。妻を溺愛しすぎて拘束し、仕事以外で外出させないとか。実はノアがアイラを脅して囲って、優秀な錬金術師の力を独占しようとしているとか。アイラが社交界に一切出てこないから、憶測が憶測を呼んでいるような感じですわね」

「そんなことになっているのですか⁉」

「わたくしだって何度もノアに注意したわ。それでもアイラを表に出すのを嫌がって……直接会いに行こうとすれば全力で妨害して。わたくしがアイラに意地悪でもすると思っているのかしら。潰すのなら正面から行きますのに」

確かに正面から来たなとアイラは内心で呟いた。

「あら、気づいたみたいね。さすがに早い対応だわ」

エルザが扇子で差した方向を見ると、ノアが侍女たちの制止を振り切ってこちらに来たのが見えた。髪が乱れ、息が上がっている。

「義姉上《あね》！　アイラを無理やり御茶会に連行するとは、なんと酷いことをされるのですか！」

「失礼しちゃうわ。意地悪なんてしていないもの。可愛い妹と、女同士の話をしていただけなのに」

「何もされていませんか、アイラ」

そう言って、ノアはアイラの両手を包み込む。

なんとなくその温かさにアイラはホッとしたが、慌ててそれを思考から消し去った。

「ノア、どうして黙っていたの！　あなたが嫌な噂を立てられているなんて、知らなかったわ」

「それは……」

ノアは噂を知っていて放置していたのだ。

この王子様は本当に、アイラを大事にしすぎる。アイラは物語のお姫様とは違う。相思相愛で結ばれたのではなく、契約結婚なのに。

「わたしとの約束を守ってくれているのは分かっているわ。それでも、結婚前に互いの立場・事情を最大限に尊重するって決めたでしょう。ノアの立場を悪くしてまで研究をしたいだなんて……わたしは思っていないわ」

契約違反だと遠回しに言えば、ノアは眉をへにょりと下げた。

「夫婦は話し合いが大事でしょう？　妻としてあなたをしっかりと支えることはできないかもしれないけれど……それでもこの結婚を周りに間違いだったなんて思われないように、わたしは頑張るから」

最低限の社交として、エルザと親交を深めるぐらいはする。ノアも王太子と争いたくないと言っていたし、ちょうど良いだろう。

「……そうですね、アイラ。見栄を張って、私はあなたに胸の内を話すことをしなかった」

「分かればいいのよ。わたしはノアのために何をやればいいの？」

錬金術に打ち込める環境を整えてくれたノアに、少しでも報いたい。

アイラの純粋な気持ちに応えるように、ノアは少し考えてから、アイラに真剣な目を向ける。

「私の……私の切なる願い……アイラとペアルックの衣装で踊るという夢を叶えてくれるなんて、思いもしませんでした！」

「そうそう、ペアルック……ぺ、アルック？」

なんとも気恥ずかしい単語にアイラの脳は一時停止する。この世界では相手の髪や瞳の色と同じ小物やドレスなどを身に纏うことはあれど、同じデザイナーが作製するペアルック衣装を着るなんて滅多にない。言わば、バカップルの証なのである。

それも婚約中ではなく、結婚後にペアルックの衣装を着るなんて、アイラとノアは頭の中がお花畑の新婚だと喧伝するようなものだ。

困惑しているアイラなど気にせず、エルザがパチパチと拍手をした。

「アイラは社交初心者ですし、小規模な御茶会から静かに動いていこうと思っていましたけれど、まさかいきなり夜会だなんて。しかも、次の夜会の開催は一週間後。準備期間もないなかで、あえてその決断。自分を追い込むような強気な姿勢……わたくしの派閥の右腕として相応《ふさわ》しいですわ！」

「み、右腕⁉　夜会⁉」

「さあ、わたくしの可愛い妹アイラ。共に女の世界を手中に収めますわよ！」

思ってもみなかった自分のポジションに、アイラは仰天する。

（いきなり夜会なんて、わたしは言っていないわよ！）

ノアは嬉しそうな顔で、アイラに色々なドレスのデザインが描いてある手帳を見せた。

「本当は今からアイラの意見を聞いてドレスを仕立てたかったのですが、時間がありません。今回は既に用意してあるドレスから選んでいただくことになります。申し訳ありませんが、細かい装飾はいじれますが、シルエットまでは変更できません」

「……そのドレスは何色なの？」

「アイラの好きな色を中心に十色ほど。ただ、ペアルックの衣装は三十着ほどしかないので、その中から選んでもらうしかありません……」

「ペ、ペアルックの衣装だけで三十着⁉　いつの間にそんなに作ったのよ」

「これだけではまだまだ足りないですよ。三十着では、一ヶ月ほどしかアイラとペアルックでいられないではありませんか！」

「毎日ペアルックとか地獄か！」


新米第二王子妃アイラ。

一週間後、デビュタント以来二回目の夜会――しかも、主催者側として出席することが決定してしまうのであった。

第三章　動き出す影

水に満たされた道を通り、ざらりとした石の道に抜ける。

美しい月が輝く素晴らしい夜に、オレンジの光があちらこちらに灯って移動していた。

その眩しさを鬱陶しく思いながら草陰に身を隠すと、標的がちょうど離宮へと続く外の回廊を歩いているところだった。

夜風に彼女の甘い香りが混じり合い、鼻をくすぐる。

偶然の出会いに歓喜しながらも、今すぐにでも駆け寄りたい衝動を抑えて、こっそりと彼女の様子を窺う。

「終業後にマナーレッスンに、ダンスレッスン……疲れたわ。おかげですっかりお腹がすいてしまったし。夕食は何かしらね」

「もちろん、アイラが好きなものですよ。海鮮マリネ、完熟トマトのカッペリーニ、牛フィレ肉のポアレ、口直しはシャーベット、それから――」

「恐ろしいぐらいにわたしの好きなものばかりだわ。たまにはノアの好きなものにしたら？」

「私がこの世で一番好きなのは、アイラの笑顔です！」

「いやそれ、食べ物じゃないから」


彼女と共に歩く男に哀れみの視線を送ると、ちろりと唇を舐めた。

――果実が熟せば、あの男は用なしだ。


弾んだふたりの声は、やがて眩しい光が溢れ出る離宮の中へと消えた。

夜が深くなるごとに、ぽつり、ぽつりと消えゆくオレンジの光を見送ると、真っ暗になった庭園から再び移動を始める。


主人の命令を遂行するため、静かにこの国を……彼女を闇へと引き摺り込む。

――我はファントム。堕ちた羊の成れの果て。

＊　＊　＊　＊　＊

エルザの殴り込みの折に決定した、アイラの夜会参加だが、思っていたよりもやることはなかった。

それもそのはず。今回の夜会は定例のもので、重要な式典など同時に行われない。アイラの参加が決定したのは一週間前で既に王族の採決するものはなく、ほとんどの事前準備が終わっており、内務省のプロジェクトチームにすべて委ねられていた。

だがしかし、何もすることがない訳ではない。

アイラは急ピッチで、第二王子妃としてのマナーを身につけなければいけなかったのだ。終業後に、エルザ主導でマナーとダンスのレッスンが組み込まれ、汗だくになって帰宅し、軽めのバランスの良い夕食を取ってお風呂に入って寝る。さながら、ジム通いをする意識高い系ＯＬのような生活である。

元々、実家や学校生活でマナーやダンスは学んでいたので、一週間でそれなりのレベルにはなることができた。

そして、そんなこんなで夜会当日はやって来てしまった。

「……っく、コルセットなんて結婚式ぶりだわ。こんな拷問器具、早く廃れればいいのに！」

アイラは悪態をつきながら、姿見で服装を確認する。

着ているのは、肩をスッキリと出したAラインの淡いオレンジのドレスだ。ウェスト部分は細かなダイヤが埋め込まれたベルトで締められ、腰にはドレスと同じ色のリボンが控えめに飾られている。スカート部分には繊細な白いレース生地が重ねられ、美しいドレープを描いていた。

首元には、ノアの瞳をイメージさせるエメラルドのネックレス。そして耳にも同じエメラルドのピアス。髪は丁寧に編み込まれ、どこで調べたのかアイラが一番好きな向日葵《ひまわり》で作られた髪飾りが差してある。

化粧も施され、客観的に見ても可愛らしいご令嬢に見えた。いつものアイラとはまるで別人である。恐ろしきかな、王太子妃直属侍女が施した詐欺メイク。

「まあ、まあ、まあ！　お美しいですわ」

「元がよろしいので、お化粧も薄く済んで、透明感がありますわ」

侍女たちがアイラを敬いつつも、自分たちの作品を褒め称えていた。

突然、職場から侍女たちに拉致されて、早四時間。そりゃ、良い作品ができますよねぇ、とアイラは心の中で毒づいた。夜会の前に疲労困憊だ。

「迎えに来ましたよ、アイラ」

そう言って現れたのは、白い礼服に着替えたノアだった。

スラリと均整の取れた体格に白の礼服が映える。タイの色はアイラのドレスに合わせたオレンジで、アイラとお揃いのエメラルドのピアスをしている。胸元のポケットには、アイラの髪飾りに合わせるように、向日葵のブートニアが挿してあった。

ノアの輝かんばかりの美貌と合わさり、まさに麗しい貴公子そのもの。この世界で一番白馬の似合う男ランキングがあったら、堂々の一位確実だ。

（……これとわたしは並ぶのかぁ）

侍女たちは突然現れたノアに、ハートマークが浮き出ていそうなほど熱烈な視線を向けている。外野はチヤホヤするだけでいいから楽だ。アイラは今からコレの隣に並ぶのである。しかも、どうにか最低限にしたとはいえ、ペアルックで。

（わたしは馬子にも衣装。ノアは……孔雀に衣装かしら。後光が差している気がする……）

現実逃避をするため、芸術品を鑑賞しているかのような心地でノアを見ていると、彼がアイラへ顔を近づけた。

「どうかしましたか？」

「な、なんでもないわ！」

あまりに端整な顔が近づいてきたのと、普段とは違う衣装のギャップからか、アイラの心は動揺していた。

冷静な錬金術師の自分が、これが『異性にときめいている』という状態だと分析する。

（う、嘘でしょう⁉　だってあの、ノアよ。ドン引きするぐらいわたしが大好きなちょっと気持ち悪い変人よ。普段と違うシチュエーションだからときめくなんて、わたしったら面食いなの？　チョロすぎでしょ。浅はか！）

アイラは頬を赤らめながら、不自然に両手を動かした。そして、しばらくして心が落ち着いてきてから改めてノアを見れば、彼は口元を手で押さえて震えていた。

「はぁ……尊い……」

色っぽい吐息を吐くノアを見て、侍女たちが彼に気づかれないように背を向けて胸を押さえ、『尊い』と同じ言葉を呟いている。

なんとも面妖な状況に、さすがのアイラも平静に戻る。

「……いいから行きましょう」

アイラはノアに連れられて、王族専用の控え室へと向かう。

そこには美しく着飾ったエルザが悠然と待ち構えていた。

「まあ、アイラ。可愛らしいわね。妖精のようだわ」

「ありがとうございます。エルザお姉様も、お美しいです」

エルザは当たり前だと言わんばかりに微笑んだ。そして、すぐにキリリとした表情に引き締める。

「ノア。王太子殿下は、結局間に合わなかったわ」

「やはり、そうですか。悪天候が続いていると定期報告が届いていましたからね」

王太子は現在、遠方の領地へ視察に行っている。そこは去年、雨期に大洪水が発生し、農作物に多大な被害をもたらした。そのため、急ピッチで治水工事が行われており、王太子はその視察へと出かけていたのだ。

本来ならば、夜会の前に帰ってくる予定だったが、例年よりも早く雨期へと突入したため、安全を考慮した帰還となり、大幅に時間がかかっているのだ。

（エルザお姉様には悪いけれど、王太子殿下が帰ってこなくて本当に良かったわ！）

アイラは内心、小躍りしていた。

何故なら、アイラの苦手とする兄が、側近として王太子の視察に同行しているのだ。もしも、今回の夜会に王太子が出席していたら、その隣にはアイラの兄がいただろう。そうしたら、顔を合わせない訳にいかない。

「夜会でダンスを一緒に踊ると約束したのに……！」

エルザの拗ねた声に少しだけアイラの罪悪感が刺激される。

（でも、ごめんなさい。お兄様にだけは、絶対に会いたくないの！）

アイラの兄はヒーロー体質だ。正義を貫く男……と言えば聞こえはいいが、それはたとえ友人だろうが、仕える主だろうが、血を分けた妹だろうが、悪と判断したら全武力をもって打ち砕くのである。

愛する者が悪に染まれば、兄は涙を流すだろう。だが、絶対に手加減はせず潰す。アイラは兄ほど忠誠心が厚く、融通が利かない人間を知らない。だから、アイラは兄が苦手なのだ。

「まあ、いいです。今日はそれほど重要な夜会ではありませんもの。貴族たちの情報交換のための場ですし、わたくしたちは社交をサクッと終わらせてしまいましょう」

「陛下は既にホールへ出ているのですか？」

「ええ。主催者への挨拶はすべて引き受けてくださるそうですわ。嫁いだばかりのわたくしではまだ荷が重いですし、ノアは出張りたくはないのでしょう？」

「私は可愛らしいアイラを堪能したいだけです。本当は、アイラを衆目になど晒したくないのですが」

「衆目に晒さず、どうするというのです？　今日はわたくしの派閥の副官たるアイラを華々しくデビューさせる、記念すべき日なのですのよ」

「ええっ⁉」

寝耳に水だった。エルザの派閥に組み込まれるとはいえ、今日は第二王子妃として初めての夜会。目立たず、堅実に……求められるであろう取り巻きAの立ち位置を頑張ろうと思っていたのだ。

それなのにいきなり副官クラスの仕事を任される。社交レベル1のアイラにはハードルが高すぎた。

（……派閥の副官って何をやればいいの？）

前世の知識を総動員するが、思い出されたのは、少女漫画などの最終的に成敗される悪役の取り巻き役。そして、海外ドラマの中盤でよく死ぬ、副官の軍人役などだった。

……前世の知識、役に立たない。

「ほら、アイラもそうだと言っていますわ」

言ってない、言ってない！　とエルザの言葉にアイラは焦るが、その気持ちは聡いはずの王族たちには伝わらない。

「それならば……仕方ありませんね。ですが、アイラの危機には必ず駆けつけますので！」

ノアがアイラの手を握りしめて言った。

「……あはは、アリガトウ」

もう、アイラはやけっぱちだった。もはや、なるようにしかならない。

「では、ノア、アイラ。行きますわよ！」

頼もしくも、アイラを不安にさせるエルザの後ろをノアと共に付いていく。

王族専用のホールへの扉を開くと、豪奢な絨毯が引かれた階段が現れた。それをゆったりとした動作で下りていく。

既にホールへ集まっていた貴族たちの衆目が、こちらへと向けられているのを肌で感じる。好意的なものよりも、悪意や探るような視線が多い。

結婚式以来の慣れない感覚にアイラが顔を強ばらせていると、エスコートをしていたノアが握っていた手に優しく力を込める。

結婚し、一ヶ月以上経った今では、ノアに触れられるのもアイラはすっかり慣れてしまった。

「アイラが一番輝いていますよ」

「……それを本気で言っているのが困るわ」

貴族たちの視線などどうでも良いと思えるほど、ノアはいつも通りだった。

アイラも変に緊張せず、程々に頑張ろうと思った。困ったら、夜会熟練者のノアとエルザに思

いっきり頼ってしまおう。

割り切ってしまうと肩の力が抜けた。あとは、快適な錬金術師生活のために嫁業を頑張るのみ！


「まずは、わたくしとアイラが仲睦まじい姉妹であることをアピールしに行きますわよ」

「ア、アイラ！」

階段を下りてすぐ、アイラを守ると息巻いていたノアが即行で剥がされた。

辺りを見渡せば、男性は陛下がいると思われる人集《ひとだか》りにまとまっており、女性はワインやシャンパンを楽しみながら会話をしているところだった。

（先に陛下だけが会場にいらしたからかしら。国内貴族のみの招待だから、堅苦しい挨拶よりもおひとりでいる陛下に気を遣って、当主だけが話しかけに行っているのね）

アイラだけを連れていこうとエルザが考えるのも納得だ。こういう状況判断をすぐにできるのは、さすが生まれながらの王族といったところだろう。

（……でもねぇ。女性だけの社交って言えば、マウンティング合戦よね）

女同士の真なる友情……というものもあるにはあるのだが、この場でそれが生まれるとはなかなか思えない。みんな涼しい顔をしているけれど、自分の家の未来を背負ってここにいる。完全にお仕事モードで必死だ。

相手より優位に立たねば潰される。強者に媚び、弱者を利用しなければ潰される。這い上がろうと頑張っても潰される。社交界とは、そんなドロドロとした世界だ……と、極端な前世のドラマ知識が叫んでいた。

絶対に誰か仕掛けてくるなと思っていると、案の定、艶やかな藍色の髪を持つご令嬢がにこやかな顔で現れた。

「ごきげんよう、エルザ様」

「来てくださって嬉しいですわ、ハリエット・オールマン侯爵令嬢」

エルザは赤のドレスを妖艶に着こなし、またハリエットは青のドレスを妖艶に着こなしている。髪と瞳の色は違うが、二十代前半、華やかな顔立ち、女性なら誰もが惚れ惚れするようなスタイル、威風堂々とした雰囲気。そして、ハリエットも派閥の長なのか、アイラのような取り巻きのご令嬢が後ろに控えている。……このふたりは、明らかにキャラが被っていた。相性が悪そうである。

「まあ、定例の夜会ですもの。出席するのは、上級貴族の娘として当然。王太子殿下にお会いできないのは残念ですけれど」

「仕方ないですわ、ハリエット侯爵令嬢。殿下は視察が長引いておられるのですもの」

「そうですわね。一年前から日時の決められている定例の夜会なので、ご挨拶できるかと思っていましたが……視察が長引いているのならば仕方ありませんわね」

「次にお会いしたときには、殿下とふたりでハリエット侯爵令嬢にご挨拶いたしますわ」

アイラの脳内で、カンッとゴングの音が鳴り響く。

『殿下が帰ってこないのは、アンタが愛されていないからじゃないの？　プークスクス』

『何を勘違いしてんの？　殿下とは超愛し合っているし。それが分からないとか、馬鹿すぎて話にならんわー』


表面上は穏やかなハリエットとエルザの会話だが、アイラにはこう聞こえていた。

「まあ、嬉しいですわ。では、その日を楽しみにしつつ、今日はおひとりで頑張っておられるエルザ様を、わたくしがお支えしますわね」

「ご親切にありがとう。でも大丈夫ですわ。今日はわたくしの妹である、アイラがいますので」

油断していたら、こっちに飛び火した。

アイラは練習通りに微笑むと、ハリエットに小さく礼を取る。

「お初にお目にかかります。アイラ・ジェーンズ・リンステッドです」

「まあ、アイラ様。第二王子妃の重圧に耐えかねて引き籠もっていると伺いましたので、心配していたのですよ？」

「ご心配ありがとうございます」

なめられているなぁ、と思いながらもアイラの心は穏やかなまま。

エルザとのマナーレッスンの中で、社交は感情をコントロールすることが大事だとキツく教えられた。わざと怒らせて失言を狙おうとする貴族もいるということなので、感情のコントロールを覚えることはアイラにとっては急務だった。

錬金術師として己の感情の赴くまま生きてきたアイラには習得が困難かと思われたが、意外にもすんなり解決した。

（ハリエット様は錬金術の素材、ハリエット様は錬金術の素材……火山イモリあたりにしておこうかしら！）

火山イモリとは、噴火した山にのみ少数生まれる変異体だ。マグマの中に好んで住み着き、色は真逆の青色。ドラゴンの角ほどではないが希少価値が高い。火山イモリを見れば、錬金術師なら誰もがほっこりしてしまう。

……そんな荒技で、アイラは歴戦の淑女たちのような鉄壁の微笑みを手に入れていた。

（それにしても、ハリエット・オールマン侯爵令嬢か。どこかで聞いたことがあるような？）

「アイラ様のご実家は子爵家でいらっしゃるでしょう？　いくら錬金省での人脈があるとはいえ、妻の最大の務めは家を取り仕切ること。困ったことがあれば、どうぞ、わたくしを頼ってくださいまし」

「お気づかい感謝します」

「いいのですよ。最大派閥を仕切る者として、当然のことですわ」

活きのいい火山イモリだな、良い実験素材になりそう……と、ハリエットに対してかなり失礼なことを考えていたが、鉄壁の微笑みによってしっかりと隠された。

弱々しくて相手にならないと思ったのか、ハリエットは勝ち誇ったようにフンッと鼻を鳴らすと、エルザへと標的を変える。

「実はエルザ様。今日はご報告をしたいことがありますの」

「もしかして、ハリエット侯爵令嬢の婚約の件ですの？」

「知っていましたの？　驚かせようと思っていましたのに」

ハリエットは照れたように頬を赤く染めるが、確実に演技だ。エルザももちろんそれを察しているので、一歩も引かずに扇子で口元を隠して微笑んだ。

「遅れましたが、ハリエット侯爵令嬢。婚約おめでとうございます。仲睦まじいと評判ですわよ。長く婚約者がいなかったそうですが、この良縁を紡ぐためだったのですわね」

エルザの言葉を聞いて、アイラはハッと気が付いた。

高位貴族のご令嬢であるハリエットが長く婚約者がいないなんて、余程の事情がなければあり得ない。まして、派閥を取り仕切り、貴族としての自分に誇りを持ち、野心がありそうなハリエットに縁談がないなんて……まるで、誰か高位の殿方と婚約するのを狙っていたかのよう。

（これって、もしかしなくても……ハリエット様は、王太子妃の座を狙っていたみたいね。それなのに、その座は異国の姫に取られ、追い落とそうにも優秀な第二王子は……実験中毒の錬金術師とスピード結婚して使えない。王太子妃の座は夢に散ったと）

何故、こんなにもエルザとハリエットの間で火花がバチバチと散っているのかを理解した。そして、アイラを懐柔するでもなく、見下して馬鹿にしている理由も分かった。

……めんどくせぇ。

「まあ、ありがとうございます。でも少し心配だわ。格上の公爵家に嫁ぐのですもの。自分の派閥だけではなく、相手方の夫人の派閥もゆくゆくは受け継がなくてはならないでしょう？　わたくしにできるか不安で不安で」

社交界でテメェを潰してやるぞ！　という、ハリエット渾身の攻撃だ。

「ハリエット侯爵令嬢ならばできますわ」

エルザはハリエットの攻撃を笑顔で受け止める。しかし、横目で見れば、彼女の扇子を持つ手が力を込めすぎて震えているのが見えた。

（めちゃくちゃお怒りなんですけど⁉）

このままだと、扇子をへし折りかねない。それは淑女としてどうなんだ。

アイラは場を落ち着かせるために、慌てて間に入った。

「ハリエット侯爵令嬢、わたしからも婚約のお祝いを申し上げます」

「エルザ様と第二王子妃にお祝いしていただけるなんて、わたくしはなんて幸せ者なのかしら。わたくしも妻として、少しでも婚約者が仕事を頑張れるように尽くしますわ」

ハリエットは、とっても嬉しそうに顔を綻ばせた。

遠目から見れば、麗しい淑女たちの友愛。巻き込まれれば、そこは女たちの本性剥き出しキャットファイト会場。

（もう、煽るのはやめてよ！）

これ以上、エルザとハリエットを会話させるのは危険だ。彼女との会話はアイラが受け持ち、思う存分自慢してもらって、今日のところは気持ちよく帰ってもらおう。

幸いなことに、アイラはハリエットの噂を思い出した。王宮一の恋愛ゴシップマスターであるジュディの情報だから信用できる。

「ハリエット様は、メイリー公爵と温かい家庭を築かれていくのでしょうね」

アイラが場を和ませるように言うと、ハリエットの好戦的な視線が凪いだ。効果ありと感じたアイラは続けてハリエットを褒める。

「ハリエット様とメイリー公爵は、数週間前もご一緒に隣国へご旅行に行かれるほど仲がよろしいのだとか。スターサファイアがふんだんに使われたネックレスもプレゼントされたのでしょう？　愛されていますね」

不思議と、今まで激しい攻撃が飛び交っていた場が静かになった。

危機は去ったとご満悦なアイラの後ろで、エルザがコホンと咳払いをする。

「……アイラ。メイリー公爵は既婚者よ」

「それはハリエット様と――あっ」

我が国では重婚は認められていない。つまり、既婚者がさらに婚約者を持つことはあり得ないのだ。

とんでもないことを言ってしまったと感じたアイラだったが、時既に遅し。エルザは続けて言った。

「ハリエット侯爵令嬢の婚約者は、ラスキン公爵令息よ。それにメイリー公爵家のスターサファイアネックレスといえば……当主夫人に受け継がれる家宝ではなかったかしら？」

「ええっ⁉」

想像以上の爆弾発言だったことを自覚し、アイラは冷や汗をかく。

（ちょっと、ジュディ！　こんな話、事務室で串焼きを食べながらするものじゃないでしょうが！）

婚前不倫旅行に、家宝のプレゼント。そんな情報を公の場で暴露されたハリエットはもちろんお怒りだった。

（こんなにやばい情報だなんて、知らなかったんです！　……って、素直に謝っても許してくれる……はずはないわね……）

怖すぎて直視できないアイラは、話を逸らすために今までずっとハリエットの後ろに隠れていた取り巻きのご令嬢に声をかける。

「あの……よろしければ、名前を教えていただけないでしょうか？」

「ひぃっ」

ご令嬢は悪鬼でも見るかのような顔で、小さく押し殺した悲鳴を上げた。

「……これは宣戦布告ととるわよ。覚えていらっしゃい！」

ハリエットは憎しみを込めた目でアイラを睨み付けると、取り巻きのご令嬢を連れてホールから出ていく。

それを呆然とアイラが見送っていると、エルザが「よくやりましたわ！」と上機嫌な顔で扇子を広げる。

「下手に出ておいて、最高のタイミングで弱みをぶつけて急所をねじ切る。わたくしでさえ思いつかないような、一撃必殺の身技。あの嫌み女の屈辱に歪んだ顔を見まして？　スカッとしましたわ」

「喜んでいる場合じゃないです、エルザお姉様！　……とんでもないことをやらかしてしまった。わたし、これからどうなってしまうんでしょうか？」

「この殴り合い。わたくしたちの完全勝利ですわ！」

「……全然、話を聞いてもらえていない」

だが、あのままだとアイラたちに敵意を持っていたハリエットがどう行動したのか分からない。それに、散々馬鹿にした挙げ句にこちらを潰すと暗に言っていたのだ。やり返したと思えばいい。

……というか、これからのことが怖くてそう思っていないと心を強く持てない。

(まあ、いいか。錬金術の実験やっていれば、そのうち良い対策が浮かぶでしょ！)

アイラはいい加減な考えで気持ちを切り替えると、次に話しかけてきたご令嬢へと意識を移すのであった。

夜会は終わりに近づき、話しかけてくる貴族たちも減っていった。

ハリエットの後は特にあからさまな敵意を持って接してくる貴族もなく、エルザと共に派閥の宣伝を行った。反応が良かったご令嬢と夫人もいたので、今後勢力を拡大できるかもしれない。

女の世界で天下を取れるのかは……分からないけど。

ノアはというと、陛下のサポートで精一杯のようで、夜会が始まってからアイラは会っていない。王太子不在ということもあり、直系の王族はお忙しいようだ。

（わたしのことばかり気にせず、ちゃんとお仕事できるのね。離れていれば、素敵な王子様なんだけど）

チラチラとノアのことを遠目から確認するが、彼はそつなく貴族たちに対応している。誰にでも優しく、理知的で、美しい理想の王子様がそこにいた。本性は見事に隠している。

（でも、ちょっとだけ疲れているみたいね）

錬金術師の性《さが》か、アイラは無意識で人を観察してしまう。なので、一緒に住むようになってから少しずつ、微笑みの下に隠されたノアの感情が理解できるようになってきた。

（……これって、わたしがノアに気があるみたいじゃない。違う、彼はただの契約夫！）

アイラが唸っていると、文官がエルザに駆け寄り耳打ちする。何かトラブルがあったのだろうか。

「アイラ、わたくしは陛下がお呼びなので、しばしここを離れますわ。少し休んでいなさい」

エルザはそう言うと、文官と共に陛下とノアの方へ優雅な所作で歩いていく。

ちょうど貴族たちとの話が一段落ついたところだったので、アイラは端の方へと行き、ウェイターからワインを受け取る。

休憩がてらワインを飲みながらダンスでも見物しようと思っていると、近くで歓談していた貴族たちがサッと身を引いた。そしてその間を、ふくよかな壮年の男性貴族が堂々と歩いてくる。

「これは珍しい。第二王子妃にお会いできるとは。初めまして。伯爵位を賜っております。エイブラハム・ミュラーと申します」

そう言ってミュラー伯爵は、アイラを値踏みするように上から下までねっとりと見つめる。

「初めまして、ミュラー伯爵。わたしに何か御用ですか？」

「いいえ。麗しき第二王子の心を射止めた方とお話ししたいと思うのは、貴族として自然なことでしょう？」

「それにしては、穏やかな顔ではありませんが？」

先ほどから、声は穏やかなのに顔は憎々しげにアイラを見ていた。隠そうともしない敵意にアイラは警戒する。

「数年前にあなたが開発した小石や砂を銀に変換する技術。そのおかげで、鉱山を持つ私の領は大変な損害を受けましてな。領の財政がどれほど苦しくなったか」

苦しいという割には、ミュラー伯爵は一流の礼服を着ているし、身につけている装飾品も最高級のものばかり。どう見ても、財政が苦しいようには見えない。

アイラはカチンときた。

自分の身分や容姿を馬鹿にされるのは我慢できるが、錬金術師としての仕事を馬鹿にされるのは我慢ならなかった。それに……。

（銀の錬成技術開発にどれほど苦労したと思っているのよ！　キツキツのスケジュール、カツカツの予算、絶対に失敗できないプレッシャー。財務部と経済部め……今思い出しても腹が立つ！）

ついでに色々なことを思い出し、アイラはキレた。

「我が国の鉱物資源が乏しいのは有名でしょう。それに、数年前は銀の値が異常に吊り上がり、国としてもそれを改善するのが急務でした。だから、陛下直々の依頼で錬金省は銀の錬成に取り組みました。それがいけないことなのですか？」

「いけないことに決まっておろう？　しかも、第二王子の妻に私の娘を宛がおうとしたのに、その機会も奪われた。私が押せば、王位など簡単に取れたものを！　どれだけ私の邪魔をしたら気が済むのだ」

自己中心的な物言いだが、彼はこの国でかなりの権力があると察せられた。

本当は反論せずにエルザが戻ってくるのを待つのがいいのだろう。けれど、アイラは我慢できなかった。

「ノアはあなたの欲を満たす道具ではありません。そして、わたしは錬金術師です。自分が生み出した技術は、力なき人々の支えになると信じています」

ノアが契約結婚をしたのは、ミュラー伯爵のような人のせいで兄である王太子と争うことになるのを避けるため。アイラと結婚したかったこともあるが、何よりも兄を想ってのことだろう。

政略結婚が盛んなこの国で甘いと言われるかもしれないが、アイラは……本人の意思を無視し、親が子を道具として扱うことが何よりも嫌いだった。それはアイラが目指す世界とは違う。

「だから、ミュラー伯爵。わたしはあなたに謝罪など絶対にしません」

アイラは恐れず真っ直ぐにミュラー伯爵に対峙する。

「生意気な」

忌々しげに短くそう言うと、ミュラー伯爵は突然アイラにぶつかってきた。

「何をするんですか！」

よろけたが、転ぶほどのことではなかった。しかし、グラスはアイラの手を離れ、無残に床で砕け散っている。

ワインはアイラにはかかっていない。しかし、ミュラー伯爵の真っ白いシャツに大きな赤の模様を描いていた。

「小娘に一つ教えてやろう。お前は第二王子妃となり、私よりも上の立場になったが影響力など何も持たない」

にやりとミュラー伯爵は不気味な笑みを浮かべた。

「アイラ第二王子妃、なんてことをするのですか！　私が気に入らないから、ワインをかけるなど……」

そして芝居がかった口調で、周囲に聞こえるようにハッキリと言った。

すると、ミュラー伯爵に追随するように、周囲にいた貴族たちも声を上げる。

「第二王子妃にあるまじき振る舞いだ」

「やはり、下級貴族出身では……」

明らかに仕込みだ。もしかすると、エルザがアイラと離れたのもミュラー伯爵の策略かもしれない。

絶体絶命のピンチ……というものなのかもしれない。

「……なんだその目は？　私を馬鹿にしているのか。取るに足らないとでも言いたいのか」

ミュラー伯爵が苛立たしげにアイラを睨み付ける。その顔を見て、ハッとした。

（……わたし、なんでこんなに冷静なんだろう）

絶対的なピンチだというのに、アイラの心は驚くほどに静かだ。取り乱すこともなく、ミュラー伯爵と向かい合ったまま。

……本当は分かっている。アイラは確信しているのだ。彼なら、アイラを助けてくれると。

「騒がしいですね」

振り向けば、そこにはノアがいた。アイラはドレスの胸の部分をギュッと握る。

（これは……悪い傾向よね）

アイラが俯いている隙に、ミュラー伯爵はノアへ一歩踏み出した。

「ノア殿下、実はアイラ様が私にワインをかけたのです！　鉱山を持つ私が気に入らない、錬金術の邪魔だと言っておられました。そして私がそれをやんわりと窘めると、激怒されてこんなことに
……」

これ見よがしにワインの染みを見せつけるミュラー伯爵。協力者たちも、彼に同調するように頷いた。

「わたくしも見ましたわ」

「ミュラー伯爵の言葉は事実です」

ノアは意外にも彼らの批判の言葉には耳を貸さず——というか、視線すら向けずに無視をして、真っ直ぐにアイラの前に立った。

「怖かったでしょう。もう大丈夫ですよ、アイラ」

いつものように見惚れるような甘い笑みを向けるノアに、アイラは顔を引きつらせる。

「義姉上も心配しています。あちらに行きましょうか。アイラ好みのお菓子もご用意していますよ」

「ノ、ノア……え、大丈夫なの？」

状況的に絶対に大丈夫じゃない。ノアは笑みを浮かべたままアイラの手を取り、この場から立ち去ろうとした。

「ノア殿下、いくら第二王子妃とはいえ此度のことを不問にすることはできませんぞ！」

ええ、そうでしょうとも！　とアイラは思わずミュラー伯爵に内心で同意した。

（このアウェーな状況でマイペース貫けるとか、どんなメンタルしているのよ！）

そんなアイラの念が通じたのか、ノアはアイラをじっと見る。そして次第にことの重要さに気が付いたのか、驚愕の表情を浮かべる。

「アアア、アイラ！　ドレスにワインの染みが……」

「そうそう、ワインの染みが——って、そっちじゃないわよ！」

言われてドレスを見れば、胸元にぽつんと一滴だけ染みが付着していた。間近で見なければ気が付かないほどに小さい。

（まあ、これぐらいなら支障はないわよね。適当に染み抜きすれば、まだまだ着られるわ）

しかし、ノアはお気に召さなかったのか、眉間に皺を寄せ、顔からスッと笑みが消えた。

「ミュラー伯爵。これはいったいどう責任を取っていただけるのでしょうね？　私の妻にワインをかけて許されるとでも？」

「見て分かるでしょう！　私が被害者ですぞ」

ミュラー伯爵がほらほらとアピールするように、ワイシャツに染みこんだワインを指で差す。

「素敵な模様じゃないですか。アイラに染めてもらったなんて、宝石よりも価値がありますよ。羨ましいかぎりです。私だってまだしてもらっていないのに」

ノアは本気で妬ましいという顔をした。

アイラは頭が痛くなった。

「ふざけないでくだされ！　これは由々しき問題ですぞ。第二王子妃……それにノア殿下には、相応の責任を取ってもらわなくては」

顔を真っ赤にさせて憤慨するミュラー伯爵を一瞥すると、ノアは深く溜息を吐く。

「第二王子の妻に私の娘を宛がおうとしたのに、その機会も奪われた。私が押せば、王位など簡単に取れたものを……でしたね。これは立派な反逆罪です」

ノアが来る前にしたミュラー伯爵との会話だ。

（わたしの近くに味方を忍ばせていたのね）

こっそり野次馬している貴族たちを見ると、若くチャラそうな貴族がアイラに手を振る。燕尾服を着ていないから気づかなかったが、あれはヒューイだ。

彼がアイラのことをノアに報告していたのだろう。

「な、何をおっしゃっているのか……」

先ほどの勢いとは打って変わって、ミュラー伯爵は弱々しく引いた。

「その前の会話もすべてそらんじましょうか？　もちろん、あなたがアイラにわざとぶつかってワインの染みを作ったことも理解していますよ」

しかし、ノアの鋭い目は変わらない。

「だいたい、銀の値が吊り上がったのは、あなたが市場を独占して利益を貪っていたからでしょう。我が国の鉱物資源は貴重だから、値は国が管理していたというのに。アイラがこの国の鉱物供給にどれだけ貢献してくれたことか。あなたは貴族に相応しくないのではないのですか？」

「そ、そんなことは……」

「先ほどミュラー伯爵に同意していたのは、オルホフ伯爵夫人にバドコック子爵ですね。よく顔を覚えておきますよ」

追い打ちだった。ミュラー伯爵と一緒に煽っていた協力者たちが顔を青ざめる。

「ミュラー伯爵、私の妻を侮辱したこと許しませんから」

妙に私の妻の部分を強調し、ノアはいつもの微笑みを浮かべる。そして、呆然としているミュラー伯爵を置き去りにして、アイラを連れてホールを出た。

「夜会を抜けてしまって良かったの？」

「あのまま留まっていると、注目を集めますから。義姉上に後処理を任せた方が賢明です」

ノアに手を引っ張られ、連れてこられたのは庭園だった。夜にもなると花は蕾に戻り、昼間の絢爛さはないが静かで落ち着ける。

生垣の脇にひっそりとあるベンチにアイラとノアは腰を下ろす。ホールから漏れ出るやわらかな光が、アイラたちを照らした。

「……ノア、ありがとう。助かったわ」

「そんな！　お守りすると言ったのに、このていたらく……怖い思いをさせてしまい、申し訳ありません」

「怖い思いなんてしていなかったわ。ノアが来てくれるっていう気がしていたもの」

悔しいけれど事実だ。色々な感情を隠すため、アイラは戯《おど》けるように頬を膨らませる。

「でも、お菓子が食べられなかったのは残念ね」

「こんなこともあろうかと、少しだけ持ってきました」

ノアは懐から、ハンカチに包まれたクッキーを取り出した。

「優秀すぎるでしょ。……まあ、いいわ。一緒に食べましょう？」

脳の疲労には甘いものが一番。ジェットコースターみたいに振り回されっぱなしの夜会については一旦考えるのをやめて、アイラはクッキーを一口食べた。

「ナッツが入っている！　おいしい」

「アイラが好きだと思って持ってきました！」

「いや、自分の好きなものも持ってきなさいよ」

前にもこんな会話をしたなぁ、と思いながらアイラはクッキーを食べていく。ノアも続いてクッキーを食べた。

そして、すべて食べ終わってから少しの間、アイラたちの会話はなかった。

「……本当はアイラに夜会なんて出てほしくなかったんです。社交界が嫌になってしまったでしょう？」

今更何を言うのかと、アイラは目を瞬かせた。

「まあ、好きにはなれないけど……でも、あそこがノアの戦っている場所でしょう？　それなら、妻として逃げる訳にはいかないわ。ひとりよりも、ふたりの方が強いじゃない」

契約を遂行しただけ。それなのに、ノアはポカンと口を開けている。

「あ、もちろん、今のわたしだと足手纏いなのは分かっているのだけど」

呆れられたのかと思って補足すると、ノアはアイラの肩へぽすんと額をつける。

「アイラが側にいてくれるのなら、私は無敵です」

「いや、そんなことはないと思うけど」

すっかり慣れてしまったノアの香りが、アイラの鼻腔をくすぐる。

本当は今すぐにでもノアを突き飛ばすのが正解なのだと分かっているけれど、アイラにはそれができなかった。今にも泣き出してしまいそうな、そんな切ない声だったから。

「私もアイラの望む世界を……夢を手伝います。アイラの夢は私の夢でもありますから」

ノアは顔を上げ、アイラの瞳を真っ直ぐに見る。

……その瞬間。アイラの脳裏に、顔が朧気な青年の姿がよぎった。


――夢を手伝わせてください！　アイラの夢は私の夢でもありますから。


アイラの夢を馬鹿にせず、初めて認めて協力してくれた彼。くじけそうだったアイラに勇気をくれた。

会ったのは、たった一回だけど彼は特別だった。何故なら彼はアイラの初めての――

（……なんで、ノアと彼を重ねているの？　全然似ていないわ。だって、彼は王子様なんかじゃないし。でも、まさか……）

考え込むアイラにそっと影が差す。意識を前に移すと、ノアの端整な顔が目の前へと迫っている。

「ちょ、ちょっと……なんでキスしようとしているのよ⁉」

唇がアイラと触れ合う寸前に慌てて飛び退き、アイラは距離を取る。すると、ノアが不思議そうに首を傾げた。

「えっ……今は、そういう雰囲気でしたよね？　これはもう、千載一遇のチャンス。是非とも男として責任を取らねばと！」

「取らんでいいわ！」

アイラは叫ぶと、ノアに背を向ける。

そして、髪をかき上げるふりをして向日葵の髪飾りにそっと触れた。


ミュラー伯爵の件はエルザがしっかりと処理をしてくれたらしく、庭園からノアとアイラが戻ると、夜会は何もなかったように継続していた。

ああいったトラブルは、夜会では珍しくないらしく、エルザも陛下も気にしていないということで、アイラはひとまず安心した。つつがなく……とはいかなかったけれど、ギリギリ及第点の社交デビューを飾ることができたのだ。

まあ、第二王子妃に逆らうと破滅する……なんて噂がまことしやかに社交界で流れたのは、さすがに予想外だったけれど。


夜会の翌日も、ストレス発散をかねてアイラは錬金省に出勤している。

事務室で起案書を作っているが、アイラはどこか上の空だった。

（……ノア、大丈夫かな。お腹すいていないかしら）

今朝、アイラが目覚めると、隣に寝ているはずのノアの姿はなかった。シーツはひんやりと冷たくなっているし、不埒なことをして植物キメラの守るくんに食べられたりもしていなかった。お付きのヒューイの姿もない。

（いつもだったら、美形台無しの残念な気持ち悪さでわたしの寝顔をねっとりじっくり見て、意地でも一緒に朝食を食べて出勤するのに……）

時計を見ると、針は午前十時半を指していた。朝食を食べていないとすれば、今が一番キツい頃だろう。

（もしかして……王宮で何かあったのかしら？）

夜会は無事に終わったとはいえ、遠方の貴族などは王宮に宿泊している。そういった貴族たちの間でトラブルがあり、ノアが駆り出されているのかもしれない。

あまり考えすぎてもダメだと自分に言い聞かせながら羽根ペンを握ると、アイラの不安を煽るように玄関の扉が勢いよく開かれた。

「緊急事態だ！　アイラ主任、ジュディ、一緒に来てくれ」

いつにもなく焦った様子のユージンに、アイラとジュディに緊張がはしる。

早足で向かったのは、王宮の外れにある救護院。ここは常時、医師と看護師が張り付いており、王宮内で怪我人や病人が出ると運ばれる。

平時は訓練で怪我をした騎士ばかりが利用するのだが、今日はその姿は見えない。張り詰めた空気に包まれているようにも感じた。

ユージンは救護院の奥にある部屋の扉の前に立つと、真剣な顔でアイラとジュディを交互に見る。

「これより先で見るもの、聞くものは他言無用だ。いいね？」

硬い表情でアイラとジュディが頷くのを確認すると、ユージンは扉を開いた。

大きめの会議室ぐらいの広さのその部屋には、ベッドが十床並び、患者が横たわっている。患者の年齢、性別はバラバラ。ただ、アイラはふたりほど見知った顔がいるのを見つける。

「ミュラー伯爵？　それにハリエット様？」

昨夜の夜会での出来事は記憶に新しい。ちょうどベッドが隣り合っている彼らに、アイラは近づいた。

「やあ、お嬢さんたち。君たちも無理やり連れてこられたのかい？」

ミュラー伯爵は昨日とは違って、穏やかな表情でアイラを見た。……まるで、人が変わったかのようだ。

「……ミュラー伯爵。わたしのことを覚えていますか？」

あれだけアイラのことを憎んでいたのだから、絶対に覚えているはずだ。それなのにアイラは、もしかしたらという不安からこんな質問をしてしまった。

「申し訳ないね。どこかでお会いしただろうか？　こんな可愛らしいお嬢さんなら、覚えているはずなんだが……」

信じられないと驚愕しているアイラを追い詰めるように、隣のベッドにいたハリエットがアイラの白衣の裾を引っ張った。

「初めてお会いした方に、不躾だとは思っているのだけれど……早くわたくしが家に帰れるように、あなたたちからも言ってもらえないかしら。こんなところにずっと居たら、悪評が立てられて王太子殿下の婚約者候補になれないかもしれないわ」

「私も早く帰りたい。妻と幼い娘が心配しているだろう。それに我が領で銀の鉱脈を見つけたのだ。そこから鉱物を発掘できれば、多くの人が助かるに違いない」

まるで過去の人と話しているような感覚にアイラは眩暈《めまい》がする。

「……ねえ、ジュディ。どういうこと?」

「分かる訳がないでしょう。あたしだって、混乱しているんだから」

無言になるアイラとジュディに、パーテーションの奥にいた男性が声をかける。

「アイラ様、ジュディ嬢、こちらへ」

「……ウェストン公爵」

藍色の髪に怜悧な深い青の瞳。ここしばらく避けてきたカーティス・ウェストン公爵の登場に、アイラは少し驚いたが気持ちを切り替える。

アイラはジュディと奥へ行くと、そこには会議用のテーブルが置いてあり、様々な資料が積み重なっていた。

「手短に話します。ここにいる方々は、朝目覚めると記憶を失っていた。現時点で、人によって程度は違うが……短い人で今から一年、長い人で十数年分の記憶が抜けているのが確認されている」

「わたしたちが呼ばれたということは、精神的ショックを受けたとか、病気に罹っているだとか、医学的な症状ではないということですね？」

「明け方から幾人かの高名な医師と議論したが、なんらかの疾患である線は、ほぼゼロに近いという結論に達した。そこで錬金術の可能性が浮上した訳だが……」

カーティスは胡乱《うろん》な目で、患者と話しているユージンを見た。その様子で色々察したジュディは、小さく溜息を吐く。

「まあ、ユージン様では明確な判断はできませんね。なにせ、三流だから」

「三流に誤診されてもかなわんからな」

「酷い言われようだけど、事実だわ」

アイラはそっと、上司から目を逸らした。

「おふたりに確認してもらいたいことがある」

そう言って、カーティスはパーテーションの横にあるベッドで眠っている、三十代前半ほどの男性に近づいた。そして、起こさないように気をつけながら、左手首をアイラたちに見せた。

「……羊の角みたいね」

男性の左手首には、カクカクとしているが羊の角のように渦を巻いた黒い痣が浮かんでいた。どう見ても、鬱血やシミのようには見えない。

「記憶をなくしたすべての人間の身体にこの痣が。浮かんでいる場所は足首、首筋、腕などバラバラだが」

「アイラ、かすかに魔力を感じるわね。錬金術が関係しているということで間違いないと思うわ」

「そうね、ジュディ。人や物質に変化をもたらすほどの量じゃないから、既に術式を実行した後……残り香のようなものでしょうね」

カーティスはアイラたちの会話を聞いて、眉間に皺を寄せる。

「被害者はすべて、昨夜の夜会のあと王宮の客室に泊まっていた貴族たちだ。宿泊せず、そのまま帰った貴族の中からは、今のところ記憶がなくなったという話は出ていない」

「客室で寝ていた時の犯行ね。ジュディ、この痣についてどう思う？」

「錬金術で付けられたのは間違いないようね。でも、どんな術式が組み込まれているのか、解析もできないわ。アイラはどう？」

「……わたしにも分からない。過去の文献でも見たことがないわ」

「アイラでも分からないのね。しかも、記憶を抜くなんて禁忌事項に抵触するわよ」

禁忌事項という言葉にアイラは身震いをする。

錬金術師が学校や師から最初に学ぶのは禁忌事項だ。それは人の領域を侵す行為を禁止するもので、それを守らねば良くて収監。悪ければ処刑されることもある。

禁忌事項の代表的なものには、『人間の精神・肉体を変質し、永劫支配することを禁ず』という項目がある。

精神の面は、人間の心や人格を壊すようなことをしてはならない。肉体の面だと、殺人をしたり、疫病を撒いたり、人体をキメラなどの素体にしてはならないなどいくつかある。簡単に言うと禁忌事項とは、人間の尊厳を犯してはならないということだ。

惚れ薬や媚薬などもあるが、これは一時的な効果のものだけは例外として認められている。しかし、今回の記憶を抜くなんて事件は、完全に禁忌事項に抵触していた。

（禁忌事項を破るなんて、信じられない！　錬金術師として認められないわ）

錬金術師の数は世界的に見ても極めて少ない。一部の血脈を除き、魔力持ちは必ず遺伝するとは限らず、錬金術師のほとんどは魔力を持たない一般人を親に持つ。

この世界には前世の御伽噺のような魔法使いは存在せず、魔力を物体に付与できるのは錬金術師だけだ。

そのため、錬金術は知識のない者が見れば、人間を超越した不可思議の力に見える。大昔の錬金術師は悪魔などと呼ばれて迫害の対象となったこともあった。

少数の勢力にしかなれない錬金術師たちが生きるためには、誰よりも人間としての規律を守る必要があった。法律を遵守し、社会に貢献する。そうすることで、同胞の錬金術師たちを、そしてこれから生まれてくる魔力持ちが人間として生きられるようにしてきたのだ。

「一晩でこれだけの人の記憶を抜くなんて、並の錬金術師ではできないわ。それこそ、わたし以上の……最高峰の才能がないと……」

アイラがそう言うと、カーティスが目を見張る。

「……あなた以上の錬金術師、か」

「自分がこの世で一番の錬金術師だなんて、思ったことはないです。わたしはまだまだ未熟者ですから」

それでもアイラはこの事件の犯人が施した術を、絶対に解いてやると心に誓った。

「被害者たちが泊まっていた客室を見せていただいてもよろしいですか？」

「案内しよう」

カーティスに連れられて、アイラはジュディと共に客室をくまなく調べる。

しかし、不審な点は見受けられず、事件の手がかりは得られなかった。


そして、夕方。アイラは緊張した面持ちで、錬金省の会議室にいた。

中にいるのは、ユージン、ジュディ、ロゥロゥ、ニケの錬金省お馴染みのメンバー。そして、外務省のエリートであるカーティスとアイラの契約夫であるノアだった。

ノアは集まった面々の表情を一通り見る。

「まず、今回の集団記憶喪失事件の解明は、錬金省と私、そして、ウェストン公爵で行うこととなりました。大きな混乱を避けるため、このことは内密にお願いします」

「既に箝口令が敷かれているが、貴族たちに広まるのも時間の問題だろう。だが、あくまで噂程度で収めたい」

カーティスの言葉にノアが頷いた。

「些細な情報が漏れ出ないように、夜会を取り仕切っていた国務省へは私が……外国の錬金術師とも付き合いのある外務省には、カーティスが対応します。首謀者の捕獲もこちらで行います」

「逃げられている可能性が高いが、絶対に捕まえる」

カーティスの強い言葉が心強い。

ユージンは事件の資料をパラパラと捲りながら、難しい顔をする。

「錬金省は、被害者にかけられた錬金術を解くことを第一に行動してくれるかい？　アイラ主任主導で行ってくれ。僕は……解読には役立たなそうだから、他部署を色々と探ってみるよ……」

「かしこまりました」

「では、とりあえず今日は各々の仕事を確認。また、明日以降に進捗状況と情報の交換を行いましょう。今日はこれで解散です」

ノアがそう言うと、会議室は一気に緊張が緩む。

どこか落ち込んでいるユージンへのフォローは後回しにし、アイラは仕事の確認をするのであった――


「お迎えにあがりました、アイラ様」

珍しく真面目なヒューイの声に反応して、アイラの手がピタリと止まった。

窓を見れば、既に日が沈んでいる。仕事の振り分けの後、研究室に籠もって痣の解読をしていたが、熱中しすぎていつの間にか終業時間をとっくに超えていた。

「ノアはお仕事？」

「そうそう。今回ばかりは定時で仕事を終わらせられなかったみたいだな」

「むしろ、今までが異常だったのよ」

いつも通りに軽口を叩くと、アイラは荷物をまとめる。

そして、ヒューイと共に離宮へ帰ると、結婚してから初めてひとりで夕食を取るのだった。


日付が変わった頃、ノアはようやく仕事を一段落することができた。

貴族たちの記憶の一部がなくなるというこの事件。王族として、一刻も早く解決しなければならない。このままでは王家の失態だと付け込まれ、貴族派を勢いづかせてしまうかもしれないからだ。

（……まあ、それも最初だけですね。被害者たちの共通点を知れば……邪なことを考える者たちは様子見せざるを得ない）

被害者の数は十名ほど。年齢、性別、爵位、交友関係、派閥……どれも被害者には共通点はない。だが、深く一人ひとりを精査した結果、信じがたい共通点が浮かび上がった。

一つは貴族であること。

二つ目は……すべての被害者が悪事に手を染めていたことだ。

たとえば、夜会でアイラを侮辱したミュラー伯爵は、銀の精製施設が完成した十年前から、不正な取引を始めて利益を貪った。銀の値が吊り上げられなくなってからは、人身売買にも手を染めていたという噂だ。

若いご令嬢や夫人たちが属する最大派閥を取りまとめるハリエット侯爵令嬢は、王太子との結婚を目論み、様々な家に圧力をかけ、時にはライバルのご令嬢を不当な手段で蹴落としていた。王太子がエルザと婚約してからは憎しみを募らせ、ノアにも接触してきたが、それを断ると公爵たちに取り入り始める。そして今では、公爵たちを利用して王家を貶めようと虎視眈々と狙っていたのだ。

どちらも情報部で慎重に証拠を集め、ゆくゆくは処罰する手筈だった。

(犯人は義賊にでもなったつもりでしょうか。それとも、証拠が残らないように記憶を消した?)

被害者たちは記憶を失い、罪を犯す前の自分に戻っている。しかし、犯した罪は消えない。彼らは近いうちに裁かれることになるだろう。

「遅くなりましたね。アイラはもう寝ているでしょうか」

ノアはひとまず事件のことを忘れ、愛する妻のことを思い出した。

(アイラ可愛い、アイラ可愛い、アイラ可愛い、アイラ可愛い！　世界で一番愛しています！)

アイラは快適な契約結婚に満足しているようだが、ノアはまだ諦めていない。契約結婚はただの足がかり。絶対にアイラと相思相愛になってみせると、綿密な計画を立てて狙っていた。

(キスはダメでしたが……徐々に馴らしたおかげか、アイラは私が触れても気にしなくなりましたね。毎日、毎日口説いているおかげか、前よりも気安く話してくれるようになりましたし……この間の夜会では、私の正装にときめいてくださったみたいですし、もう一押しですかね！)

ゲロ甘の新婚生活を痛々しく妄想するノアだったが、アイラを落とすためのもう一押しが難しいのは分かっていた。

「アイラの寝顔でも見て、プランを練りますか」

ノアは執務室を出た。護衛の騎士が数名、ノアの後ろを隠れて付いてきている気配を感じながら、アイラの待つ離宮へと歩を進める。

外の回廊に出ると、周囲が一気に暗くなった。ノアは手持ちのランタンで周囲を照らすと、背後に敵意を持った視線をぞわりと感じる。

「誰だ！」

素早くノアが振り返ったのと同時に、ランタンのガラスがパリンッと音を立てて砕ける。そして、周囲が暗闇に満ちた。

(護衛の騎士が駆けつけてこないということは、既に倒されてしまっているか)

暗闇に目が慣れず、周囲の状況が把握できない。ノアは焦らず剣を抜いて意識を集中し、気配を探る。

(そこか！)

襲撃者の位置はノアから五メートルほど離れた場所。暗闇に目が慣れた襲撃者の方が有利な状況だが、ノアは迷わず剣を振り上げて突っ込んだ。

「光あれ《ルーメン》！」

ノアが叫んだ瞬間、剣の柄《つか》に嵌めていた蛍金がフラッシュのように一気に輝く。アイラからの初めてのプレゼントを使わせたことに怒りを覚えながらも、襲撃者の姿を暴いた。

「あなたは――」

ノアの剣筋が僅かにブレる。襲撃者は眩い光から目を背けながら叫んだ。

「ファントム‼」

何者かの名を叫ぶと同時に、ノアの足が激痛に襲われる。石床に顔と身体が叩きつけられ、何かに引っ張られ――そして、魂を吸い取られるような恐ろしい感覚が駆け巡る。

(気配を……まるで感じませんでした。それほどの手練れが王宮内に潜んでいた……いいえ、招かれたと言うべきでしょうか)

脂汗を額に滲ませながら振り返ると、ノアの右足を『怪物』が喰っていた。真っ赤な目はギョロギョロと蠢き、裂けた口と細い舌で血を啜り上げる。

「奪わせてもらう」

黒いローブの襲撃者は憎しみを込めた声音でそう言うと、怪物と共に去っていく。

(アイ、ラ……いや、それは……誰でしたか?)

蛍金の光が弱くなっていくのと同時に、ノアの大切な記憶が零れ落ちた。

第四章　契約結婚のふたり

アイラはノアが帰ってくるまでベッドで本を読んで待っているつもりだった。

ノアがどさくさに紛れて不埒なことをしないか警戒していることもあるが、何より集団記憶喪失事件の初動捜査の結果を聞きたかったからだ。

しかし、日付が変わり、時計の短い針が一つずつ進むごとにアイラの心に不安が募る。

「……いくら初日とはいえ、こんな遅くまでかかるものかしら。何かあった……とか？」

嫌なことばかり頭に浮かんでくる。そしてその不安を裏付けるかのように、通気口からてるてる坊主のように頭がまんまるの藁人形が落ちてきた。

やわらかな絨毯の上に落ちた藁人形は、たどたどしい動作で起き上がるとアイラのいる方向へと歩き出す。

「と、届けるくん⁉」

この藁人形の名前は植物キメラ『緊急情報届けるくん』だ。独特なネーミングセンスの通り、ジュディ作製。用途としては、緊急時の連絡手段に使われる。

送信も受信も魔力持ちしか使えないというデメリットがあるが、どれほど離れていても、海を越えても受信者のところへ自動で向かうという便利機能が搭載されていた。

「……これを使うということは、何か大変なことが起こったということだわ」

アイラは届けるくんを急いで掴んで魔力を流す。

「手紙開封《エピストゥラ》」

キーワードと共に、藁人形が淡く光る。そして、焦ったユージンの声が響いた。

『アイラ主任、大変だ！　ノアが何者かに襲われた。至急、他部署の人間に見つからないように気をつけながら来てほしい。場所は王族専用治療室だ。誰にも見つからないように来てくれ』

「いや、王族専用治療室ってどこよ⁉」

アイラはメッセージを聞き終わった瞬間に叫ぶが、それと同時に動き出す。ナイトドレスの上に白衣を羽織り、保管している回復ポーションをいくつか鞄に詰め込んでいく。

「王族になったからって、すべての施設を知っている訳じゃないのよ。王宮がどれだけ広いと思っているの。小さな頃から王宮に出入りして、あまつさえ遊び場にしていた高位貴族とは違うのよ。ユージン師長ったら、策士のくせにうっかりなんだから！」

スリッパから走りやすい靴に履き替え、アイラは鞄を肩にかけた。

「急がなきゃ。王族専用治療室って、たぶん王宮の王族専用エリアにあるのよね。急いで行っても二十分はかかる。それに誰にも見つからないようにとか、ハードル高すぎるわ。ユージン師長宛てにメッセージを送っても、届けるくんは低速だし」

隠密行動しやすく、黒い布でも被った方がいいのかと思案していると、壁に掛けてあった大きな絵が、がたんと突然、床に落ちた。

そして現れたのは、人がギリギリ通れるぐらいの扉だった。

「……隠し通路？」

タイミングが良すぎる現象に困惑するアイラだったが、すぐに結論を導き出す。

（わたし専属の侍女がやったこと……よね）

アイラは、姿を見せない侍女に声をかける。

「ありがとう！　さすが、優秀ね。いつも信頼しているわ」

声をかけたが、やはり返事はない。でも、アイラにとっては彼女の行動だけで十分だ。

アイラは迷いなく隠し通路の扉を開いて飛び込む。そして白衣のポケットに入っていた蛍金に魔力を通し、通路内を明るく照らして走る。

下りと上りを繰り返し、螺旋階段や直角カーブの道などいくつか現在地の予測を狂わせる道を通った後、石造りの梯子をよじ登って天井に光を当てる。

「なかなか年季の入った扉ね」

不安定な足場。何年も使われていないであろう苔生した扉の縁。非力なアイラで押し開けられるか分からないが、思い切りが大事だ。

瞬間的に力を込めてアイラは扉を押し上げる。

バコンッという何か鈍いものに当たった音と共に、眩しいほどの光がアイラを包みこむ。

「いってぇええええ！　足になんか当たった、僕の記憶抜かれてしまうよぉおおお」

「……ユージン師長、うるさい」

膣を押さえながら部屋の隅で震えているユージンを軽く睨み付けながら、アイラは隠し通路から這い出る。

「なんだ、アイラ主任か。隠し通路なんてあったんだね。脅かさないでよ」

「もっと人気のないところに出るかと思いましたが……随分とダイレクトな場所に出ましたね」

ツンとした消毒液の匂いに、薬品棚に医学書が並べられた本棚。清潔に保たれた室内。ここは間違いなく王族専用治療室だろう。

アイラは通路を通って薄汚れた白衣を脱ぎ、手を洗面台で洗った。

「ちょ、ちょ、ちょっとアイラ主任！　嫁入り前の娘が――って、嫁入り後だけど、年頃の女性がそんなあられもない格好をするなんて！」

「仕方ないじゃないですか、急いで来たんですから。それに今着ているのはナイトドレスですけど、素材は透けていないし、夜会で気合いを入れているお嬢様方より露出は少ない……端的に言うと、野暮ったい格好ですよ」

誘惑したい殿方もいないアイラのナイトドレスは実用性重視。お腹が冷えず、肌触りの良い綿素材なところがお気に入りだ。

「別にアイラ主任のナイトドレス姿を見たって、僕は一ミリも興奮しないよ！　だけど、君のそんな夜の私的な姿を見たとあれば……み、たと、あれば……」

「さっきから失礼な。目が潰れるとでも言うんですか？」

「そうだよ！　物理的にノアが僕の目を潰すんだよ！」

あまりに必死なユージンの姿にドン引きしつつも、アイラはベッドを覆い隠しているカーテンを開いた。

「ノア！」

シングルサイズのベッドの上でノアは静かに寝息を立てていた。

点滴はしておらず、ノアに目立った外傷は見受けられない。部屋の中にユージンしかいないことから、ノアが大怪我を負って死の淵を彷徨《さまよ》っているような状況ではないと確信していたが……それとは別の最悪の状況かもしれない。

「……ノアは、記憶を抜かれたのですか？」

「現時点では分からない。ノアの身体は調べさせてもらったけれど、痣は浮かんでいなかったからね」

「ノアが襲われたときの現場の状況は？」

「護衛をしていた騎士三人は、全員剣を抜いた様子もなく倒れていた。逆にノアは剣を抜いて反撃したようだ。外傷はなかったが、衣服の右足の裾が破られていたよ」

「護衛が無傷……睡眠薬のような薬物を使ったのでしょうか？」

アイラが問いかけると、ユージンは肩をすくめた。

「その可能性もあるにはあるけれど……ノアが襲われた場所は密室でなく、外の回廊だ」

「集団を昏倒させるには、睡眠薬をガス状に噴射するのが効果的ですが、外では効果が半減どころではありません。かといって、鍛えられた騎士の背後に回って睡眠薬を含ませた布を嗅がせるのも現実的じゃないですね」

「そうなると別の可能性が出てくる」

「……錬金術の作用による強制的な意識の喪失、ですね」

アイラは言葉に出しながら、ぎりりと奥歯を噛んだ。

もしも、錬金術による犯行だとしたら、これもまた禁忌事項に抵触する。短期間に禁忌事項が関係する事件が二件も起きるとは考えにくい。

そうなると、ノアを襲った犯人は集団記憶喪失事件と関係する可能性が高まる。

アイラが最悪の可能性に思い当たり、冷や汗をかいていると、ベッドの上でノアがもぞりと動いた。

「ノア!?」

アイラは勢いよくノアの顔を覗き込む。すると彼はぼんやりとした目で何度か瞬きをした。

「……ここは？」

「王宮の王族専用治療室よ」

ノアは寝たまま周囲に視線を巡らせ、身体を起こした。

「そのようですね。過労か何かで倒れたのでしょうか……」

「違うわよ。色々と説明する前に、簡単に触診を――」

アイラが言い終わる前に視界が反転する。

背中にはスプリングの効いたマットレスの感触。見慣れない天井を背景に、目の前には冷たく目を細めた、アイラの知らないノアの顔。肩は痛みを感じるほど彼に押さえつけられていた。

「王族専従の侍医と看護師の顔と名前はすべて覚えています。あなたは誰ですか？　どこから侵入したのです？」

顔と同じく、今まで聞いたことのないような冷たい声音。さらにノアはマットレスとベッドフレームの間からナイフを取り出して、アイラの首筋にピッタリと添える。

「な、なんでそんなところにナイフがあるの？」

「あなたのような不埒な輩に襲われないためですよ。それよりも誤魔化さず、質問に答えてください。あなたは誰ですか？」

普段だったら、不埒なのはお前だと怒るところだが、首に添えられたナイフの冷たさが、アイラに最悪の状況を突きつける。

「わ、わたしのこと、覚えていないの……？」

「どこかのパーティーでお会いしましたか？　生憎、あなたと話したことはないようですが。私の様子を陰から窺っていたのか、それとも暗殺でもしようとしていましたか？」

ノアが記憶を失っている。そんな状況は現場から予想はしていた。それなのに……アイラの心は想定していた以上に重くなり、何故だか泣き叫びたくなった。

「お、落ち着いてくれ、ノア！」

緊迫した状況に、慌ててユージンが声をかける。

ノアはユージンの顔を訝しげに見つめた。

「……ユージン？　えらく老けましたね。何か苦労でもあったんですか？」

「僕のここ数年の一番の苦労はノアだよ！　錬金省の面々だけでも個性的で手綱なんて取れないのに、君の恋愛事に引っ張り回され、脅され、面倒事を押しつけられ。だいたい、ノアがアイラ主任と結婚できたのは誰のおかげ――」

「ユージン師長の苦労話はどうでもいいですから！　早くナイフを手放すように交渉してください。得意でしょ！」

どこか八つ当たり気味にアイラが言うと、ユージンが床に蹲まった。

「そうやって、面倒なことはみんな僕に押しつけるぅ」

「いいから早くしろぉぉおおお！」

アイラとユージンが言い合いをしていると、ノアは眉間に皺を寄せた。

「……アイラ主任とは誰ですか？」

「今、ナイフを押しつけている彼女だよ！　宮廷錬金術師主任アイラ・ジェーンズ・リンステッド」

「……何を言っているんですか、ユージン。錬金省の主任は、四十代後半の男性だったはずです」

「彼はとっくの昔に辞めたよ。他の有望な宮廷錬金術師たちを同時に引き抜くっていう最悪の形でね！　それと、アイラ主任はノアの妻なんだから、早くナイフを置いて。後で絶対に後悔するから」

ノアはじっとアイラを数十秒見つめると、渋々ナイフを下ろす。

アイラはその隙に置き上がり、今度は逆にノアの襟首を掴んで押し倒した。

「やはり、私の身体が目当てで⁉」

「減るもんじゃないんだから、大人しくわたしに押し倒されて！」

アイラはノアにのしかかると、体温脈拍を確認する。そして一番怪しい右足を調べるため、ノアの腹に跨がって身体を安定させると、スラックスの裾を無理やりたくし上げた。

そこにあったのは、昨日見たのと同じ錬金術の痕跡。アイラはそれに軽く手を触れ、魔力を流す。

「……黒い羊の角」

（今からわたしが術に干渉できそうにないわね。この痣は、術が完成した証？　それとも、術そのものの核？）

痣から太ももへ指を滑らせていると、ノアが仏頂面になった。

「太ももやら胸やらが当たっているのですが。どいていただけますか？」

「あ、ごめん」

アイラはノアの上から降りた。ユージンはふたりの姿を見て、口をポカンと開けて驚愕する。

「ノアがアイラ主任に欲情しない……だと……？」

「若い女性が相手だろうと、所構わず盛ったりしませんよ。私の理性をなんだと思っているのですか」

「え、紙っぺら？」

「ほう。死にたいようですね、ユージン」

「ひいっ」

「話がややこしくなりそうだから、ユージン師長はちょっと黙ってて」

アイラは役立ちそうにない上司を押しのける。

「ノア、あなた今何歳？」

「……十九歳です」

淡々とした声で言うと、ノアは額に手を当てて深く溜息を吐く。

「おふたりの反応から薄々感じていましたが、私は記憶を失っているようですね。詳しい話を聞かせていただけますか？」

優秀なノアは、既に自分の状況を理解していた。

アイラは複雑な顔で頷くと、契約結婚から夜会後の集団記憶喪失事件、そして昨夜にノアが襲われたことを簡潔に説明していく。

ノアは一言も口を挟まずに説明を聞き終わると、顎に手を当てて考え込む。

「……アイラとの契約結婚については、色々と信じられないことばかりですが……今は置いておきましょう。それよりも、問題は私が襲われたことについてです」

「ノアが襲われたのは、僕が事件を楽観視していたからだ。夜会後、十数名の記憶を抜いたのは、警備が厳重になる前に一度で犯行を終わらせるためだと思っていた」

「ユージン師長のせいではありません。こんな複雑な錬金術を、短期間で簡単に発動できるとは、わたしも思っていませんでしたから」

アイラは爪が食い込むほど手を握る。

「私が襲われたのは、自分自身のせいです。記憶喪失事件解決の指揮を執る私が犯人の手に落ちるなど、愚行の極みですね」

ノアは愁いを帯びた表情で溜息を吐いた。どこからどう見ても理知的な王子様だ。

そんな姿を見て、ユージンは怪訝な顔をする。

「……さっきから、ノアがまともなことしか言わないね」

「ユージン師長、話が拗れるから事実でも腰を折るようなこと言わないで」

「だって、いつもだったら……アイラ主任の同情を煽ってあわよくばキスの一つでもできないかとがっつくのに！　まともだ……まともすぎて悪寒がする！」

ユージンは寒そうに両手を擦った。

「失礼な人たちですね。王族に生まれた私が誰かひとりに執着するなど、あり得ないです」

「……あ、うん。ソウデスネ」

アイラはノアの数々のストーキング行為――もとい、恋愛アピールを思い出し、遠い目をした。

「……話を進めますよ。ユージン、初動捜査で何が分かりましたか？」

「うーん。現場に犯人の痕跡はなし。唯一の手がかりとして被害者の共通点を見つけた、と思ったんだけど……ノアの襲撃でそれも見当違いだった可能性が出てきたね」

「その共通点とは？　五年後の私なら、必ず犯人に繋がる手がかりを掴んでいるはずです」

「昨日の時点で浮上した被害者たちの共通点は貴族であること。そして、なんらかの悪事を働き、その記憶がすっぽりと抜けていることだ」

「ということは、ノアも記憶を抜かれた五年の間に何か悪事をしでかしたんですか？」

「ノアは基本的になんでもできるし、王位への野心なんかもまるでないし、生まれながらに大抵のものは手に入るから悪事なんて興味はなかった。僕が知る限りでは悪事なんて……あっ」

「ノアってば、何かしていたんですか⁉」

ユージンはバツの悪い顔で額に手を当てる。

「アイラ主任へのねっとりと気持ち悪い監視と近づく男たちの駆除、僕への横暴な振る舞い……立派な悪事だよ！」

「わ、私がそんな馬鹿なことをする訳がないでしょう！」

ノアは珍しく焦った様子で抗議した。しかし、苦労人のユージンは目を潤ませながらノアに食ってかかる。

「したんだよ……いいや、現在進行形でしているんだよ！」

必死なユージンの様子を見て、ノアはがっくりと膝をつく。

「そんな……私は変質者などでは……」

「客観的に自分が変質者だって理解できたのね」

アイラがボソリと言うと、ノアは床にへばりつく勢いでへたり込んだ。

二十四歳の自分の変態行為を受け入れられないなんて、今のノアは噂の通りの眉目秀麗の王子様である。常識があるって素晴らしい。

「話を戻しますね、ユージン師長。被害者たちの悪事というのは、ノアと似たようなものですか？」

「いいや。ノアのように個人に関わるようなことではなく……死人が出た、もしくはこれから多くの死人が出るかもしれないというような……いずれ国家の屋台骨を揺るがしかねない悪事だね」

「そうなると、ノアだけおかしくないですか？」

「だから、見当違いだった可能性があると言ったんだ」

ユージンはやれやれと肩をすくめた。

ノアは立ち上がると、悩ましげに前髪をかきあげた。

「……とりあえず、私の襲撃事件と被害者たちの共通点は別に考えましょう。悪事は働いていなくとも、第二王子という存在自体が邪魔だったのかもしれませんし……これから無差別に犯人が記憶を抜く可能性もあります。あらゆる可能性を考えて行動しましょう」

ノアの言葉に、ユージンとアイラは頷いた。

「ユージン、兄上は今どちらに？」

「ちょうど視察で外に出ていてね。抜き打ちの貴族領地訪問って体裁で、このまま事件が落ち着くまで他の領地を回ることになった」

「まあ、そんなところでしょうね。スペアの私ならともかくとして、王太子の兄上を危険に晒す訳にはいきませんから。ああ、私を囮にして犯人をおびき寄せるのも有効ですね」

ノアは無機質に微笑んで淡々と言った。

何も感情のない……さも、当たり前の事実のように言うノアの姿に、アイラは喉の奥が熱くなった。

「……そんなふうに自分を道具のように言うのはやめて」

「記憶をなくす前の私が、どれほど甘い言葉を吐いていたのか知りませんが、第二王子が道具《スペア》なのは国政を担う者ならば理解していることですよ。契約結婚とはいえ、そんなことも分からないとは……主任錬金術師なのに馬鹿なのですか？」

ノアは呆れたとばかりに深い溜息を吐く。

目の前にいるのは、十九歳の頃のノアだ。アイラのことでは暴走しがちだが、他者には微笑を浮かべつつも常に冷静な彼とは違う。

頭では理解していた。けれど、アイラはノアの態度にかちんときた。

「馬鹿なのはノアよ！　頭に鉱物でも詰まっているんじゃないの？　馬鹿、ぶぅぁっかぁっ！」

子どものようなアイラの暴言に、ノアは青筋を立てた。

「……へえ、馬鹿。今までの人生の中で一度も言われたことないですね」

「お幸せなことね。みんな、気を遣って言わなかったのよ」

アイラはフンッと鼻を鳴らすと、ノアを見上げつつも睨み付ける。

「別に心の中で第二王子である自分を道具だと思うのはいいわ。でもね。それをどうでもよさそうにノアが口にするのは違うわ。あなたを大切に思っている人たちは、あなたを道具だなんて思っていないのよ！」

記憶をなくす前のノアは、ちゃんとそのことを理解していた。けれど、十九歳のノアには分からないらしく、苛立たしげに目を細める。

「先ほども言ったでしょう。国政を担う者ならば第二王子が王太子のスペアなのは理解しています。それこそ、そこにいるユージンも」

「それは、レイノルズ公爵として、宮廷錬金術師師長としてでしょう。ノアの幼馴染のユージン師長は、すごく心配しているし……ノアには軽々しく自分を犠牲にしてほしくないと思っているわ」

そうでなければ、こき使われまくっているユージンが今もノアと仲良くしているはずがない。

「矛盾しているとは思わないのですか？」

「ノアを道具として扱うことも、ノアを道具として扱わないことも両立するわ」

人の心は単純じゃない。みんないくつもの仮面《ペルソナ》を持っている。

第二王子妃としてのアイラは、ノアが国に尽くすのは当たり前だと思っている。十九歳の女性としてのアイラは、ノアに危険なことをしてほしくはない。錬金術師としてのアイラは——一緒に立ち向かいたいと思っている。

（わたしはどうして未熟者なの？　ノアにかけられた術を解いてあげることができないなんて……）

自分への怒りに呼応するように、目尻に薄らと涙が浮かぶ。

「くっ……なんですか、その顔は。私にいったいなんの恨みが……」

アイラの涙が引っ込んだ。

「えっ」

「えっと……ノア、アイラ主任。喧嘩しているところ悪いんだけど、ふたりにはノアが記憶をなくす前と変わらず仲良くしてもらわないと困るよ。もちろん、一緒に捜査する人たちの前でもね」

ノアはアイラから顔を背けると、服の胸元をくしゃりと握った。

「いいえ、あるでしょう。卑怯です」

「恨みなんてない！」

お昼休みの時間。

普段ならば適当に食堂でテイクアウトをしたり、事務所で保存食をつまんだりするアイラだったが、今日は違う。

小会議室のテーブルには、おいしそうな料理や飲み物が並べられていた。これから事件解決に向けて動くにあたって、お互いのことを知ろうという趣旨でランチ会が開かれるのだ。

料理はすべて錬金省のアイドル猫ニケの手作りだ。それだけで宮廷料理よりも価値がある。愛らしい猫ちゃんの手料理最高。

（はぁ、ニケ先輩に癒やされるぅ。ノアとは気まずいままだし……）

同じ職場で働いているが、今朝の喧嘩のこともあって上手くノアと接することができない。夫と一緒に仕事をするという経験が初めてなこともあり、距離感がいまいち分からない。

（職場だから節度を守って……でも、夫婦らしく接しないとダメだって、ユージン師長に言われたし……）

錬金術だったらいくらでも考えられるのに、ノアへの接し方についてはオーバーヒートしそう。

記憶をなくして混乱しているノアをアイラがリードしなくちゃいけないのに、それが上手くできない。

（そもそも、ノアだっていけないのよ。頑張って話しかけても素っ気ないし！）

天気の話も、夕食の話も、仕事の話ですら、午前中に話しかけるとノアは冷たかった。

なんだかアイラだけがから回っているみたいで面白くない。それに、十九歳のノアは可愛くない。

「最後に魚の石窯焼きですにゃぁ」

ニケがメインの料理をテーブルに置いたのと同時に、みんなで席に着く。

「ああ、こんな手料理を作ってくれる、可愛くて優しくて僕だけを愛してくれる人と結婚したい」

ユージンのいかにもモテなそうな言葉に、ジュディが眉間に皺を寄せる。

「うっざ。一流のシェフの料理で育ったお坊ちゃんに手料理とか、女の子にとっては地獄でしかないんだけど」

「ソウダネ。ユージンは身の程を弁えた方がいいヨ」

「ロゥロゥには言われたくないよ！」

「ユージンくんの僻みはどうでもいいですから、ランチ会を始めますにゃ」

ニケは騒がしい三人に、母のような笑みを浮かべた。

ランチ会が始まると、身分など関係なしに、それぞれが自分の食べたい料理を取っていく。アイラもどれを食べようか悩んでいると、右隣に座っていたカーティスが小さく笑った。

「錬金省は仲がいいんだな」

「まあ、人数が少ないですから。相手の身分ばっかり気にしていたら、仕事が回らなくなりますし、それぞれ専門の分野があるので尊敬している部分もあります」

ロゥロゥがサボり魔だということは隠してアイラは言った。

「外務省は逆だ。身分が高い方が出世しやすいし、足の引っ張り合いも多い」

「でも、身分が高い人は仕事ができないという訳ではないのでしょう？　きっと少しずつ変わっていきますよ」

「そうだな。俺も変えていきたいと思っている」

なんて真面目な人なんだろう。アイラに結婚詐欺をしようとした人とは思えないと、まじまじとカーティスの顔を見ていると、部屋の端の方でジュディとロゥロゥとニケがこちらを見て怪訝な顔をしていた。

「アイラとノア殿下……よそよそしくない？　さっきから、カーティス様とばかり話しているわ」

「ンー、確かにネ。前にランチの時間にお邪魔したときは、ノア殿下がアイラにサンドイッチを食べさせていたヨ。仲睦まじすぎテ、爆発しろと思ったネ」

「も、もしかして離婚の危機ですにゃ？」

「え、それは困るわ。まだ良い男をひとりも紹介してもらってない！」

「さすがに離婚はないんじゃないカナ。王家はそういうの厳しそうダシ。でも、家庭内別居とかはあるカモ！」

「スキャンダラスじゃない！　面白そうね……ちょっと調べてみようかしら」

「にゃにゃ⁉　ジュディさん、いくら恋愛ゴシップが好きだからって、友達の私生活を調べるのは良くないにゃ」

「でも、ニケだって気になるダロウ？　喧嘩の原因を調べれば、仲直りのきっかけを作ってあげられるかもしれナイ」

「それは確かにですにゃ」

……全部、まるっと聞こえていた。アイラはフッと余裕めいた笑みを浮かべると、取り皿にミートボールばかりのせる。

(や、やや、やばい！　めっちゃ怪しまれているぅぅうう)

どうにかノアとアイラの夫婦関係が良好だと周りに示さなくてはならない。既に疑われていることから考えて、短時間かつ絶大な効果をもたらす熱愛アピールをする必要がある。

ちらりと左隣のノアを見ると、彼は上品にサラダを食べていた。

(この野郎！　少しは協力しなさいよ……いいえ、意地でも協力させてやるんだから！)

アイラは瞬時に脳をフル回転させ、最適な結論を導き出す。

食事中の熱愛アピールの王道……これ以外にアイラが生きる道はない！

「ほら、ノア。あーん」

アイラは社交で鍛えた淑女の笑みを浮かべ、フォークに刺したミートボールをノアの口元に持っていく。

すると彼は少し迷った後、ミートボールをぱくりと食べた。

（不作法と侮ることなかれ！　古来より動物にとって、給餌は求愛行動。マナーだの煩いことを言っている社交界でも、好きな人からのあーんには憧れているものよ！　ジュディのモテるテクニックを真似したんだけど！）

ノアの様子を観察していると、頬が少し赤くなっている。まあ、十中八九……羞恥心だろうが、アイラはすべてポジティブに解釈することにした。

「ふふっ、照れてるー」

つんつんとノアの頬を指で突く。

（ふふっ、勝ったわ！）

何に？　という質問はよしてほしい。アイラにもよく分かっていないのだから。

ノアはアイラに向けてキラキラと爽やかな笑みを浮かべると、サラダに入っていたセロリをフォークに刺した。

「では、お返しに。アイラ、あーん」

アイラは口元に押しつけられたセロリに狼狽する。

（どうしてよりによってセロリ……一番嫌いな野菜なのに！　記憶をなくしたノアがどうして分か

るのよ）

あたふたと周りに視線を巡らすと、ユージンが両手を合わせて拝むポーズをしながら涙目でアイラを見ていた。

（バラしたのは、お前かぁぁああ！）

ユージンの助けは求められない。唇に触れている悪魔の野菜――セロリの攻撃を防ぐ術はなく、アイラは仕方なくそれを笑顔で口にした。

まずいまずいまずい。しかし、吐き出すことも、笑みを崩すこともできない。

アイラは懸命に咀嚼し、セロリを飲み込んだ。

「食べる姿もとっても可愛いですね？　顔が赤くなっていますよ」

百パーセント嫌みだろ、この野郎！

アイラは笑みを浮かべたまま、ノアにテレパシーを送り続ける。しかし、彼には届かなかったようで、「もう一口食べますか？」とセロリをフォークに刺した。

「も、もういいかな。心臓が持たないわ」

可愛らしく……しかし、全力でアイラは拒否をした。

そんな夫婦の攻防など分からないジュディは、アイラたちの『あーん』を見て溜息を吐く。

「確かに煽ったのは、あたしたちだけど……目の前でいちゃつかれたら、それはそれで苛つくわねぇ」

「いちゃついてないわよ！」

こんなやりとりが事件解決まで続くなんて、アイラは心底不安になった。

＊＊＊＊＊

親睦を深めるランチ会も終わり、アイラたちは仕事に戻った。

記憶喪失者たちの検査や現場検証などを行い、アイラはそのデータを凄まじい早さで纏め上げる。

終業時刻はとうに過ぎ、他の錬金省のメンバーは安全面を考慮してユージンの家に泊まることになった。そして、アイラは今日の成果を報告するべく小会議室でノアと対峙していた。

「ハリエット・オールマン侯爵令嬢以下、夜会での記憶喪失者たちの検査の結果が出たわ。術の新たな進行は確認されず、また命を奪うものではない。けれど、この術は未知のものなので、急速な変化が起こる可能性も捨てきれないわ」

仕事の話ということもあり、アイラはスラスラと言葉を紡ぐ。気まずさも誤魔化せているだろう。

「被害者たちには常に護衛をつけます。僅かな変化も見逃さないように、定期的に報告させましょう。術の解除はどの程度の時間がかかりそうですか？」

「まったく予測がつかないわ。この術には、禁術とされているものが使われているから」

「最悪、解除はできないと？」

「最終手段がない訳ではないわ」

「では、その最終手段を早めに使ってください。まだ、術者の狙いは不明ですが、被害者はこれからも確実に増えるはずです」

アイラの手が一気に汗ばむ。

緻密に組み上げられた未知の禁術に対抗できるものは、一つしかない。それをアイラが実行すれば、すべてを失うかもしれない。

アイラの夢と誇りに輝いた錬金術を貶めることとなり、見つかれば同じ志を持った術者たちからは迫害されるだろう。父母、兄弟にも迷惑をかけ、下手をすれば自分の命すらなくす。もしもそれらの罰を受けなくとも、アイラは大きな檻に囚われるだろう。

(……わたしに、堕ちた人間になる覚悟が本当にあるのかしら)

怖い、怖い、怖い。すべてを奪われる想像が膨らみ、しかしそれが事実だと脳が理知的に判断する。底知れぬ恐怖がアイラの心を包み込んだ。

「……そうね。善処するわ。すぐにできるものではないから」

アイラは両手を擦ると、ノアに表情を見せないように背を向ける。

「そろそろ帰りましょう?」

窓の外はもう夕焼けが沈みかけ、ポツポツと人工的な灯りが漏れ出ている。さすがにそろそろ帰らねば、他部署に怪しまれる。

「私はまだ仕事があります。先に帰ってください」

「そうはいかないわ。わたしたち、いつも一緒に帰っていたんだもの。昨日が特別よ。ひとりで帰るようになったら、周りが誤解してしまうかもしれないわ」

「……二十四歳の私は、随分と非効率ですね」

「非効率でいいわ。昨日、わたしも一緒に帰っていたら、ノアの記憶が抜かれなかったかもしれない」

錬金術に詳しいアイラが側にいれば、犯人をいち早く察知できたかもしれないし、術をかけられた直後なら治療ができたかもしれない。そんなことを考えていると、ノアがアイラに剣呑な視線を向ける。

「あなたがいたところで結果は変わらなかった……むしろ、被害者が増えていたかもしれません。それは無駄な思考ですよ」

「……確かにね」

アイラが足手纏いだということは否定できない。アイラは悔しく思いながら、扉へと歩く。

「どこへ行くのですか?」

「ノアの仕事が終わるまで、研究室で待っていようかと思って」

アイラがそう言うと、ノアは溜息を吐きながら上着を手に取る。

「気が変わりました。今日はもう帰りましょう」

「え、そう?　ノアがいいのならいいけど……」

コロコロ考えが変わってちょっぴり面倒くさいなとアイラは内心思った。

記憶を失う前のノアと今のノアはまるで別人のような感じだ。なんだか心がもやもやする。

錬金省を出ると、ノアはいつもと違う方向へと歩き出した。

アイラは慌てて彼の上着の裾を掴む。

「そっちよりも、いつも通っている道の方が近いわよ？」

「離宮までの道が分からない訳ではありません。そちらは私が昨日襲われた場所ですから。今日はあまり通りたくありません」

ノアが素っ気なく言った言葉に、アイラは口をあんぐりと開ける。

そして自分のデリカシーのなさにくらくらした。

「そうよね。怖いわよね。トラウマよね。別の道にしましょう。大丈夫よ、怖くないようにわたしが手を握ってあげるから。よしよし」

アイラはノアの手を握ると、空いている手で幼子をあやすように頭を撫でた。

「別にトラウマとかじゃありませんから！　勘違いしないでください！」

ノアは頭の上にあったアイラの手を叩き落とした。

「子ども扱いしちゃった。ごめんね？」

「弟かなにかと勘違いしているのですか⁉　今の私は、あなたと同じ十九歳です！」

そう言ってノアは歩き出す。繋いだ手はそのままに。

（手を繋ぐのは子どもっぽいわよね？　……やっぱり怖いのね。でもそれを悟られるのは嫌だと。仕方ない。気にしないフリでもしましょうか）

アイラがノアの手を握り返すと、彼は眉間に皺を寄せる。

「なんですか、そのニヤニヤ顔は」

「ニヤニヤなんてしてないわ？」

「……まあ、いいです。大人しく付いて来てください」

そしてノアに連れてこられたのは、アイラの馴染みの場所だった。

よく、昼休みに食事をとっている、王宮の端にある寂れた庭園だ。ノアは東屋に入ると、アイラと一緒に古びた石の長椅子に座る。

「五年後もあまり変わっていないようで良かったです」

「……五年前？」

「私のお気に入りの場所です。小さな頃からよく来ているんですよ」

そう言って、ノアは少し力の抜けたやわらかな笑みを浮かべた。

（ここがノアのお気に入りの場所？　でも、ここで彼に会ったことは一度もないわ）

カーティスの結婚詐欺から逃げていた時期を除き、アイラは週の半分以上の昼休みはここへ来ている。王宮内に用事があるときも、なるべくここの近くを通るようにしていた。それこそ結婚前は、夜に通りかかったことも何度もある。

――そう、四年前から。

（ここで誰かに会うなんて、四年間の間に二回しかなかったわ。ウェストン公爵が待ち伏せていたときと、あの人に会ったときしか……）

アイラにとって特別な……顔が朧気な青年の姿を思い浮かべてしまう。夜会のときと同じ状況に、アイラは混乱した。

「庭師の手入れが行き届いていないこの庭園は人も滅多に来ないですし、考え事する場所には最適です」

そう言って、ノアは石の長椅子に寝転んだ。

その姿と言葉に、アイラの中であの人の顔がノアへと置き換わる。

「……嘘、でしょう。助手さん……なの？」

声が震え、喉が熱い。アイラはただ呆然とノアを見つめる。

「何か言いました？」

「な、なんでもない」

アイラは慌てて取り繕うとノアに背を向けて長椅子に座る。そして、真っ赤になった顔を両手で覆った。

(ずっと、ずっと……会いたかった)

四年間、アイラがここへ通っていたのは、初めて助手となった青年に会うためだった。

それがノアだと分かった瞬間、すべてのことが繋がった。接点がないと思っていた王子様のノアとアイラが以前出会っていたという話も、研究室で助手をしてもらったときにやけに手際が良かったのも、夜会で助手さんと同じことをノアが言ったのも——全部、ノアが助手さんだったからだ。

「……そっかぁ、そうだったのかぁ……言ってくれれば良かったのに」

アイラは嬉しさと恥ずかしさで瞳が潤む。

ノアがアイラをあれほど大切にしてくれたのも、四年前の出会いを特別だと思っていてくれたからだ。

助手さんはアイラの夢を馬鹿にせず、できると信じて応援してくれた初めての人。特別な恩人で、そんな人が男性として惹かれていたノアだと知れば、アイラの想いは止められない。

（……わたし、ノアのことが好きだわ）

認めてしまえば、心にすんなりと愛しい気持ちが広がっていく。

「何をひとりで納得しているのかは知りませんが、仕事はきちんとやってくださいね。錬金術師としても、私の契約妻としても」

「分かっているわ。ノアが記憶を取り戻せるように頑張る」

記憶を失う前のノアも、助手さんとして出会った頃のノアも、今のノアも全部が愛しい。

けれど、わたしはそれだけで満足できないので、ノアにわたしを思い出してほしいのだ。そして、四年間ずっと言えなかった言葉を伝えたい。

「あなたは全然分かっていませんよ」

どこかふて腐れているノアに、アイラは小さく笑う。そして、東屋から空を見上げた。藍色がかった空には、たくさんの星がキラキラと輝いている。

「星が綺麗だね」

「やっと気づきましたか。ここから見える星空は格別なんですよ」

「そうね。今まで見た中で一番綺麗だわ」

それはきっと、ノアが隣にいるからだ。

＊　＊　＊　＊　＊

「ユージン師長、先ほど出たばかりの被害者について何か分かりましたか？」

「機密裁判部に所属している裁判官のひとりだったよ。賄賂を受け取って、裁判で罪を軽くしたり、証拠の捏造なんかをしていたみたいだね」

アイラとユージンは資料を捲りながら、早歩きで王宮から錬金省へと向かっていた。

「健康状態には問題なし、他の被害者たちと同じく黒い羊の角の痣。記憶は半年ほど抜かれていたんですよね？」

「そうだよ。今までで一番短い期間だね」

「国家を揺るがしかねない重大な犯罪だというのは分かっているのですが、他の被害者たちと比べると罪の度合いが異なる気がします」

資料には、裁判官の行ったと思《おぼ》しき罪が並んでいるが、今までの国家転覆を狙ったり、人を殺したりするような犯罪ではない。これからエスカレートしていくという可能性も考えられなくはないが。

「うーん。犯行が行われるのは相変わらず王宮内だからね。勘の良い貴族は王宮に近寄ろうとしない。もしかすると、被害者たちの条件に合致する人間が少なくなってきて、襲う相手のランクを一段下げたのかもしれないね」

「つまり、これからは軽犯罪でも襲われる可能性があるかもしれないと？」

「それよりも恐ろしいのは歯止めが利かなくなって無差別になることだよ」

ノアが記憶を失ってから早二週間が経過している。記憶を失う被害者は日を追うごとに増えていき、その数はもう二十名を超えている。貴族ではなく平民の被害者も出た。

（これで残った共通点は一つだけ。国の屋台骨を揺るがす悪事を企てていた者であるということ。……ただし、ノアを除いてだけど）

夜会後のように一度に多くの被害者は出ていないが、決まって一日にひとりは被害に遭っている。もちろん、こちらも大人しくやられていた訳ではない。王宮内の警備の強化はもちろんのこと、ノアやカーティスが犯人逮捕の計画を立てていた。アイラたち錬金省のメンバーだって、術を感知できるように見回りをしたり、特殊なキメラを配置した。しかし、犯人はそれらの対策を嘲笑うかのように犯行に及んでいるのだ。

「無差別な犯行が行われるようになれば、事件を隠し通すのは無理ですよ。今でさえ難しいのに……」

「そうだね。国が易々と裁けない犯罪者ばかりを狙うから、この事件が大々的に広まってしまえば犯人を義賊と持ち上げる者も出てくるだろうね」

「王族や役人たちも無能だと批判されますよ」

「そこなんだよね。今事件が広まれば義賊的な扱い。無差別な犯行に切り替わって事件が広まれば、国中が恐怖に包まれる。たぶん、犯人的にはどっちでも望む結果は同じなんだと思うんだよねぇ」

「犯人の望む結果ですか？」

「最終的にどっちもクーデターが起こり得るってことだよ」

「……最悪の結果じゃないですか」

アイラは頬を引きつらせた。

「クーデターって、王侯貴族が公開処刑とかされるんだろう？　……自分で言っていて怖くなってきた。僕のことは見逃してもらえないかなぁ」

「無理でしょう。錬金省の強突く張りの腹黒狸を生かしておくなんて、愚策も良いところです。わたしがクーデターの指導者だったら、まず始めにユージン師長を処刑しますね。そこそこ偉い地位にいて、良い声で泣き叫んでくれそうな人物なんて、前座にちょうどいいです」

「酷いよ、アイラ主任！　そのときは、道連れだからね。第二王子妃も前座にちょうどいい存在なんだから！」

「嫌です」

短く断った後、アイラはピタリと足を止める。目の前には錬金省の建物があった。

「……クーデターのことは他のメンバーに話しますか？」

「話さないでくれるかい？　このことは、僕とアイラ主任、そしてノアだけの秘密だ。あまり、他のメンバーにはプレッシャーをかけないようにしてほしい。国家の存亡がかかっている……なんて言われたら、本来の力が出せないかもしれない」

「分かりました」

ノアが狙われたのも、クーデターを見越してのことだったのかもしれない。

優秀な第二王子の力を削ぎ、王太子を地方へ封じ、事件の情報統制をするために大がかりな捜査を控える。様々な利点が頭に浮かんでくる。

「では、アイラ主任。会議室に向かおうか」

「そうですね」

アイラは錬金省の玄関を開けた。

誰もいない事務室を抜けて二階へ上がると、大会議室へと入る。そこには、錬金省のメンバーが既に集まっていた。

アイラとユージンが席に着くと、ニケが愛らしい尻尾をふりふりしながら円卓の上にカフェオレと資料を置く。

定例の会議が始まった。

「黒い羊の痣には、治癒と外から錬金術を遮断する効果があるわ。記憶を奪う作用はないみたいね」

アイラは資料をペラペラと捲りながら、今までに計測した緻密なデータを確認する。

「いくつかの術を重ねてかけているのカナ?」

ロゥロゥの言葉にジュディが頷いた。

「そう考えるのが妥当でしょうね。羊の痣ばかり注意がいっていたけど、この術の本体は目に見えにくいもの……それこそ毒のように全身へと巡っているのかもしれないわ」

「複合錬金術をさらに重ねがけ……そうなると、血液を媒介にしている線もありそうだね。分かってはいたけれど、本当に高度な錬金術だよ。お手上げだぁ」

三流錬金術師のユージンをジュディが睨み付ける。

「何を言っているんです？　血液を媒介にしているのならありがたいじゃない。アイラの得意分野のポーションなら、術に効果的だわ」

「軽く言っちゃダメだよ。どんな方法で術をかけたのかも分からないのに」

「まあ、術の解読に小指の爪の先ほども役に立っていないユージン様ならそうなのでしょうね」

「ジュディ……さすがの僕も傷つくよぉ……」

「あたしは事実を言っているだけ」

険悪なジュディとユージンをなだめるように、アイラは咳払いをする。

「少しずつだけれど、術の概要が分かってきたわ。わたしが特効薬を絶対に完成させる」

「頼りにしているよ、アイラ主任。本当に！　解決できなかったら、確実に来期の予算が減額させられるよ」

「ユージン師長みたいな小賢しい男に応援されても嬉しくないでしょ」

「ひ、酷いっ」

ジュディはフンと鼻を鳴らすと、追加で資料を円卓の真ん中に広げる。

「はい、そんなことよりもあたしの捜査結果を見て。夜会当日の警備と犯行ルートをいくつか示してみたんだけど」

資料は大きめの王宮の図面だった。来客用の宿泊区画を中心に、いくつものカラフルな線が描かれている。線は階段を上ったり、フロアの端と端を行き来したりと、かなり広範囲に及んでいた。

「貴族たちの宿泊エリアには、当然たくさんの警備騎士がいたわ。けれどその誰もが怪しい人影を見ていない。犯人は錬金術で姿を消したと仮定しても、優秀な騎士たちが気配に気づかないとも思えない」

犯行をひとりで行うのは当然難しい。そして、複数の犯人だったとしても騎士に見つかるリスクが高まりこれも難しい。

現実的には犯行は無理だ。しかし、犯人は成し遂げている。ならばどこかにからくりがあるはずだ。錬金術は不可能を可能にする力なのだから。

アイラは自分の考えをまとめるように口を開いた。

「錬金術師は基本的に貧弱よ。武術を極める時間を費やすのなら、強いキメラや術を生み出すような人種だから、犯人が歴戦の武闘家兼錬金術師なんてチート全開の人間ではないはず」

「ウーン。アイラの言うとおりではあるけれど、騎士だって超人じゃないヨ。姿を消して、騎士から少し距離を取れば気づかれないと思うナ」

ロゥロゥの言うとおりだ。しかし、騎士と距離を取って移動したとすると、ジュディの資料で示されたデータではひとりの場合と複数の場合、どちらの場合でも各被害者の就寝時間を考慮したルートを効率よく通っても朝までかかってしまう。

「狭い通路で騎士たちから距離を取って各部屋を回って犯行をするなんて、できなくはないけれどかなりの時間がかかる。無理があるわ。だからこの結果なんでしょう？」

「そうよ、アイラ。でも一つだけ、移動時間を一時間以内に収められるルートがあるの」

ジュディはそう言うと、黒いペンで図面に線を引いていく。他のルートとはまったく違う道に、ロゥロゥが首を傾げた。

「コレ……壁を突き破っているし、階段も無視しているヨ？」

「当たり前じゃない。水道管や通気口を通っているんだから」

水道管や通気口を通り、錬金術をかけられる存在。それに思い当たったアイラは手をポンと叩いた。

「キメラね！」

植物キメラの専門家のジュディはにやりと笑う。

「そうよ。あたしのキメラちゃんたちもそこを通らせて、情報収集に使っているわ」

「……それってスパイ行為で捕まってもおかしくないわよ」

「安心して、アイラ。国政の話とかはどうでも良くてすぐに忘れちゃうわ。あたしは、いい男と恋愛ゴシップにしか興味ないから！」

「のぞき魔のくせに清々しいわね」

アイラの隣で、ユージンは口をぱくぱくと開いて閉じるを何度か繰り返すと、やがて絞り出すような声を上げる。

「……余所の部署には……バレないようにやってよ……」

上司がそんな弱腰だから、錬金術の私的利用が止まらないのである。

一応、アイラもジュディの上司であるが注意はしない。アイラも結構犯罪すれすれのことをしていたりするからだ。上司が弱腰で良かった。

「敵がキメラを使っているのなら、水道管や通気口に忍ばせているかもしれないネ。ジュディのキメラを使って捜索することもできるんじゃないカナ」

「あたしがキメラを使って拾っているのは基本的には音声だけど……一瞬でも良いから映像を転写できるようにするわね」

「どんなキメラか分かれば、術の特定が大きく進むわ。ジュディ、最優先でキメラの捜索をお願い。ロゥロゥを雑用係に使っていいわ」

アイラがそう言うと、ロゥロゥはビクリと肩を震わせる。反対にジュディは意地の悪い笑みを浮かべるだけだった。

「りょうかーい。ロゥロゥは今からあたしの下僕に就任よ」

「扱いが格下げされているんだケド⁉」

ロゥロゥがユージンに『助けて！』と縋るような視線を向けるが、華麗に無視されている。

会議では建設的な意見を言って仕事している風を見せるが、実際のロゥロゥの勤務態度は事件前とそう変わらない。

「愛らしい猫だって一生懸命働いているんだから。緊急時まで給料泥棒できると思わないことね」

「上司命令は絶対。頑張りましょーね、ロゥロゥ」

甘ったるい声でジュディは言うと、ロゥロゥの首にピンク色の植物を巻いた。するとその植物で作られた輪はキュッと縮まり、首輪のようになる。

「植物キメラの『絶対安全懲罰ちゃん』よ。明日、始業時間にあたしの前にいなかったら、首輪にびっしりと鋭い棘が生えるわ。ちなみに、無理やり外そうとすると、首がねじ切れるから」

「ボクの人権はどこにあるんダァァアアア！」

ロゥロゥの叫びはすべて無視された。

アイラはいつも通りの風景にホッと胸を撫で下ろし、カフェオレを飲み干した。

（……この様子だと、クーデターの可能性については、みんな考えていないようね）

部下のやる気を出させるのは上司の役目。そして、責任を取るのも。

アイラは空のカップをグッと握りしめた。

（禁術の構成する要素は、もう少し情報が欲しいところだわ。最終手段も……早めに移りたいけれど、先方の反応によるわね）

こればかりは、たとえ上司のユージンにも頼る訳にはいかない。アイラ・ジェーンズ・リンステッドという個人が、すべてを賭けた一世一代の取引だから。

「アイラさん、アイラさん」

会議の成り行きを見守っていたニケが肉球でペタペタと足音を響かせながら、アイラに愛くるしい猫ちゃんスマイルを浮かべる。

「カーティスくんが待っているにゃ」

「もうそんな時間なのね。今日の報告会議は終了。各自、仕事を切りよく終わらせたら帰ってね」

アイラは時計を見ながら立ち上がると、急いで部屋を出た。もう、終業時刻は過ぎている。

大会議室の隣にあるアイラの研究室の前に、藍色の髪の美丈夫——カーティスがけだるそうに佇んでいる。

「お待たせして申し訳ありません」

「いや。それほど待っていないから気にするな」

アイラは研究室の扉を開くと、入り口近くのソファーへ案内する。

毎日恒例の十分程度の情報交換なので、お茶は出さない。アイラはカーティスと向き合うようにソファーへ腰を下ろした。

「報告を頼めるか？」

アイラは頷くと、先ほどの会議の内容を中心に話した。カーティスは黙ってすべて聞くと、顎に手を当てて思案する。

「……錬金省の方は進んでいるようだな」

「やっと、術の形が見えてきたところです。遅すぎるくらいですよ」

アイラがそう言うと、カーティスは深く息を吐いた。

「しかし、こちら側の進みは悪い。信用できる者を少しずつ捜査に加えているが、一向に犯人へと繋がらない」

「情報統制の方はどうですか？　被害者家族への辻褄合わせは、ウェストン公爵を中心に行っているのでしょう？」

「聡い者は王宮で何か起こっていることを察している。けれど、被害者たちが悪事を働いていた者という共通点があることから、下手に騒ぐ者もいない。幸いにも犯行は今のところは王宮内だけだ。思うところがある貴族は王宮には近づかない」

「皮肉ですね。被害者は増えるばかりだというのに、貴族たちは品行方正になっていく」

事件が起こってからというもの、王宮内での貴族絡みの揉め事が少なくなったそうだ。

良い傾向と断ずるにはまだ早い。この一時的な平和は恐怖政治のようなもの。いつか破綻して、クーデターという形で襲いかかってくるだろう。

（……わたしは自分にできることをするだけ）

アイラの脳裏に浮かんだのは、記憶を失ったノアだ。

彼は理知的で、ユージンのサポートがあるとはいえ、記憶を失ったとは周囲に一切悟らせていない。完璧に振る舞っているように見える。しかし、苛立ちを感じているようで、アイラには冷たい。けれど、その気持ちも分かる。今のノアは十九歳で、アイラが知っているのは二十四歳のノアだから。自分を見ながら、他人を重ねられている感覚が苛立つのだろう。

（今のノアがわたしのことを嫌いなのは分かっているわ。寂しいし、辛《つら》い。それでも、わたしはノアのことが好き……って、そんなこと今考える場合じゃないでしょ！）

アイラは頭の中に浮かんだフワフワとした考えを振り払い、思考を真面目な錬金術師のものに切り替える。

（とにかく！　わたしにできることは犯人捜しじゃない。犯行に使用された錬金術の解析と特効薬の作製。尻尾の先は掴んだんだから、あとは絶対に引き摺り出して全部解析してやるんだから！）

今のアイラでは、犯行に使われた錬金術を完全に解析するのは難しい。だが、必要な情報を得る算段は既についている。

（……覚悟はもうできているわ）

アイラは汗ばむ手を膝の上でギュッと握りしめた。

「……百面相。あなたをそれほど悩ませる相手とは誰なのだろうな。今回の一連の犯人か、それとも愛する男か」

カーティスはテーブルの上に置いた資料をまとめると、アイラに鋭い視線を向ける。

「時にアイラ。第二王子は記憶を失っているのだろう？」

ドキンとアイラの心臓が跳ねた。けれども平静を装い、とぼけた顔をする。

「そんなことあるはずないですよ。ノアはいつも通りじゃないですか」

カーティスは面白そうに口角を上げると、ソファーに背を預けて足を組む。

「まあ、第二王子が多少どこか変わっていようと俺は気づかないだろう。興味がないからな。けれど、俺が気づいたのはアイラの変化だ。思っていることが顔に出てしまうところも、相変わらず愛らしい」

「顔になんて出てません！」

アイラはペタペタと自分の顔を触る。

（エルザお姉様との特訓で、感情の隠し方が上手くなったはずよ！　もしかして、鎌をかけられたとか……？）

カーティスをジッと見つめると、彼はフッと小さく笑うと身を乗り出す。テーブルに片膝をつき、アイラに端整な顔を寄せる。

「出ているさ。君のことを何年見続けたと思っている」

彼の深い海を思わせる双眸に宿る熱が、アイラに注がれる。

「え？　いや……そもそもわたし、人妻なんですけど!?」

「それが気にくわない。俺がアイラを妻にするはずだったのに、王族の権力を使って俺を王都から離し、その間に婚約を済ませてしまうなど。今まで毛ほども好意を感じさせなかったというのに、用意周到なことだ」

「用意周到ってそんなこと——あるけど……」

アイラもノアの態度に騙された口だ。気まずくなって、ソファーの端に逃げる。

「第二王子は記憶をなくし、今では君のことを好きではないんだろう？」

カーティスの的確な指摘に、アイラの心臓がズキンと痛む。

「だとしても、結婚の誓いを立てたのだから、わたしはノアの妻です」

「そんなのただの契約結婚じゃないか」

「……そう、ですね」

アイラは曖昧に微笑んだ。すると、カーティスが顔を顰める。

「君にそんな顔をさせる男を俺は許せない。今の第二王子は、国のためになるのならば平気で君を捨てるぞ。だから、俺のところに来い」

そう言ってカーティスはアイラの腕を掴む。強く握られている訳でもないのに、彼の強い意志が籠もった瞳に見つめられて振り払うのに躊躇してしまう。

「錬金術師なら他にもいるでしょう?」

カーティスはアイラの錬金術師としての力が目的で、高位貴族としての権威を使って近づいてきたはずだ。

「三流錬金術師にでも変なことを吹き込まれたか?　……錬金術なんて関係ない。ただ、俺の妻になってほしいだけだ」

「……ウェストン公爵」

「こういうときは、カーティスと名前を呼んでほしいものだ」

今、目の前にいる彼は……必死にアイラを求めるひとりの男性のように見えた。

錬金術師としてだけじゃなく、第二王子妃として、女性として、短くも多くの経験を積んだアイラだからこそ、カーティスの燃えるような心に気づいてしまった。

（……でも、わたしはウェストン公爵の想いには応えられないわ。わたしは、あなたに同じ情熱を返してあげられないもの）

アイラが口を開こうとすると、研究室の扉が規則的な音でノックされた。

「アイラを迎えに来たのですが、入ってもいいですか？」

次いで聞こえたノアの声に、カーティスが苛立たしげに舌打ちをする。

「邪魔が入ったか。アイラ、第二王子が記憶をなくしていることは黙っていよう」

アイラは目を見開いた。

（これ……確実に脅しよね⁉　この修羅場チックな場面で言い訳の一つもできないとか、ものすごく困るんですけど！）

カーティスがアイラから一歩離れるのと同時に、鍵がかかっていなかった扉がゆっくりと開かれた。

離れたとはいえ、主任錬金術師と外交官の話し合いにしては、些か距離が近すぎる。アイラたちを見たノアは、露骨に眉を顰《ひそ》めた。

「ふたりで何をしていたのですか？」

「進捗状況を確認していただけだ。失礼する」

カーティスは何事もなかったかのように、研究室から出ていった。ソファーの隅で気まずそうに蹲っているアイラに、ノアは何か言いたげに剣呑な視線を送る。

「アイラ」

「な、何かしら？」

思わず声が裏返った。

（やましいことはしていない。やましいことをされそうになった気もするけど……これは絶対に契約違反じゃないわ！）

アイラが内心冷や汗をかいていると、ノアは額に手を当てながら溜息を吐いた。

「……終業時刻を過ぎました。帰りますよ」

ノアの言葉に、アイラは笑顔で頷いた。

❁　❁　❁　❁　❁

目が覚めたら身体が二十四歳になって、妻までいた。……なんて、ふざけたことを、優秀な第二王子として評価されてきた十九歳のノアは、早々に理解した。

けれど、その事実を完全に受け止められた訳ではない。特に、自分の隣を歩く少女——いいや、妻のことを。

錬金省から出たノアとアイラは、夫婦の住まいである離宮へと歩を進める。

記憶を抜かれてからというもの、仕事が終わると今まで通りにふたり揃って帰宅している。ノアの状態を隠蔽するためであるが、襲撃された場所を通ることで自分を囮にして再び犯人に襲われないか試している面もあった。

もちろん、後者はアイラには伝えていない。……王族の自覚が薄い彼女に話して、また余計なことを言われるのが嫌だからだ。

「んー、早く夕食を食べたい」

自分が囮となっている事実も知らずに、アイラは暢気に言った。

「先ほど、カーティス・ウェストンと何を話していたのですか？」

無表情を気取って問いかけると、彼女は分かりやすいほどに挙動不審になり、目を泳がせた。

「な、何もないわ。本当にね！」

……何かあったに違いない。

貴族出身とは思えないほど分かりやすい態度に、ノアは頭が痛くなった。同時に、心の奥にもやもやと不快な感覚が巡るが、それを無理やり押し込める。

「ウェストン公爵とふたりで会うのは極力避けてください。変な噂になると困ります。きちんと契約を守ってくださいね」

「分かっているわ。気をつける」

小動物を連想させるような顔でキリッとした表情をされても、信用に欠ける。

（だいたい、ウェストン公爵のすれ違いざまの好戦的な瞳……彼は確実にアイラを求めていますね。それなのに、想いを向けられている本人ときたら……）

カーティスの恐ろしさを理解していないアイラは、ボケッとした顔でノアの隣を歩いている。大方、夕食が楽しみで仕方ないのだろう。

本当に大丈夫か、信用できないと問い詰めたいノアだったが、それを言えばアイラがむくれるのは目に見えていた。

余計なことを言わず黙って歩いていると、不安に思ったのかアイラはノアを何度も見ては、目が合いそうになると慌てて辺りに視線を逸らす。

（挙動不審……私のことが気になって仕方ないと思わずにはいられないのですが）

それが恋愛的な意味なのか、もっと別な意味なのかは分からない。しかし、どんな感情だとしてもノアにとっては面白くない。

アイラが気になる相手は今のノアではなく、二十四歳のノアなのだから。

胸に渦巻くもやもやとした感情の正体を、ノアは名付けることができない。こんな苦しい気持ちは、生まれてから一度も味わったことがなかった。


離宮に到着すると、燕尾服姿のヒューイが現れた。

彼は執事とは思えない馴れ馴れしい動作で手を上げる。

「よっす。ノア、アイラ」

「……ヒューイ。せめて言葉遣いには気をつけなさい」

「あ？　なんだよ、ノア。昔みたいに細かいことをネチネチと」

昔と言われても、ノアにとってはつい最近のことだ。

周りの反応を見るに、今よりも二十四歳のノアは適当な人間だったように思える。

しかし、それを退化したと断ずることはできない。他者に寛容になった、柔軟さを身につけた、絶対的な自信を持ち心に余裕がある……今のノアよりも大人だと、自分が未熟だと実力の差を感じてしまうのだ。

「お腹すいたから、早く夕食にしましょうよ」

アイラがノアの袖を引っ張って首を傾げた。その姿を見て、ノアは眉間に皺を寄せる。

「そうですね。料理が冷めてしまいます」

ノアはダイニングの扉を開く。すると、芳しい香りが鼻腔をくすぐった。

「……これはいったい」

テーブルに並べられた料理は、前菜、メイン、デザートに至るまですべてがノアの好物ばかり――というか、好物しかなかった。

アイラはにっこりと笑みを浮かべてノアを見上げた。

「ノアが好きなものを用意してもらったのよ」

「以前、私があなたに教えたのですか？」

「いいえ？　結婚してから、毎日のように食事を共にしてきたんだもの。ノアを見ていれば、好きな食べ物ぐらい分かるわよ」

「……そう、ですか」

王族は警戒しすぎて悪いということはない。苦手なもの、嫌いなものを隠すのはもちろんだが、好きなものに関してはもっと隠さなければならなかった。

好きなものは油断に繋がる。もしもそれがどうしても欲しいものだとしたら、手に入れて安全な場所でしまい込むまで決して他者に悟られてはならない。

幸いにも、ノアは隠し事が上手かった。だから今まで、侍女や乳母はもちろん、家族でさえノアの本当に好きな食べ物は知らないだろう。

ノアは席に着くと、ヒューイを呼んだ。

「今日はワインを――」

「ちょっと、ノア！　ワインはダメよ。最近、寝不足なんでしょう？　悪酔いするわ」

そう言ってアイラはヒューイにミント水を用意させた。

ミント水がグラスに注がれるのを見ながら、ノアは仏頂面になる。

（私が寝不足なんて、ユージンですら気が付かなかったのですよ。それをなんで彼女が……）

テーブルに並べられた料理に目を輝かせるアイラは、年相応の娘にしか見えない。

今の自分は彼女と同い年のはずだ。それなのに簡単に振り回されてしまう。それがなんとも面白くなかった。

「とってもおいしいわね」

メインの魚料理を無邪気な顔で口にしたかと思えば、唇についたソースを木苺色の舌でぺろりと舐める。

可愛らしさの中に含まれる僅かに艶めいた色気。それを認めるのはなんだか面白くなくて、ノアは黙々と食事を食べ進める。

「さて、食事も済んだことだし、わたしは部屋に戻るわね。おやすみ！」

先に食事を済ませたアイラは早々に自分の部屋に戻っていく。これがいつものパターンだ。

ノアはすべての料理を食べ終えると、上品にナプキンで口を拭う。

ヒューイが食器をすべて下げたのと同時に、不作法も構わずテーブルに突っ伏した。

「……アイラが可愛すぎて辛い」

初めて彼女を見たとき、図らずも心奪われた。サラサラの髪は絹糸のようで、彼女の生命力に満ちあふれたサンストーンの瞳。可愛らしく小動物のような愛らしさもありながら、真っ直ぐ自分の意志を持った凜とした顔。

刺客かもしれないと思ったからこそナイフを向けたが、そうでなければ万人受けする優しく慈悲深い王子様を演じ、好印象を植え付けて、外堀を埋めるべく情報収集を行っていたに違いない。

「アイラの外見は好みです。それだけなら、まだ対処のしようがあるというのに……好奇心旺盛で表情がころころ変わって、可愛らしい優しさで満ちあふれ、意志が強く目標に真っ直ぐな心を持ち、あまつさえ頑張り屋だなんて……」

ノアは憎々しげな表情でテーブルをバンッと叩いた。

「恋に落ちてしまうに決まっているでしょう‼」

そう、初めてアイラを見たときから強く心を惹かれ、ノアの身を心配して馬鹿だと叱られたときにはもう恋に落ちていた。

チョロすぎると自覚はあったが、記憶を失った十九歳のノアにとっては生まれて初めての恋に抗うことはできなかった。

アイラが妻だと知ったときの高揚感。契約結婚だと説明されたときは、じっくり責めていけばいいとほくそ笑んだ。彼女が二十四歳のノアを見ていると気が付いたときには、得も言われぬドロドロとした感情に支配された。

その結果、アイラに何度も素っ気ない態度をとってしまっていた。実に不甲斐ない。

「面白くない、面白くない！　私ばっかり好きでしかたないなんて。無自覚に可愛らしい笑顔を他の男に向けて誑かすなんて許せません。いっそ部屋に監禁してしまいたいです！」

「いや、監禁は普通に犯罪だろ」

ヒューイは甘い香りのするお茶を注いだカップをノアの前に置いた。

「何を喧嘩したんだか知らねーけどさ、早く仲直りした方がいいんじゃね？」

ヒューイは記憶喪失事件のことは知っているが、ノアの記憶まで抜けていることは知らない。互いに仕事が忙しくなって夫婦がすれ違っていると勘違いしているのだ。

「……何故、私が意味もなく謝らなくてはならないんですか」

「そうやって意地を張って、結局女に振られる男を俺は数え切れないほど知っているぜ。それに、最近アイラもどんどん綺麗になっているし、他の男も放っておかないんじゃねーの？」

「まさか、あなた……」

ノアが獣でさえ怯むような顔で睨み付けると、ヒューイは降参するように慌てて両手を上げた。

「ちょっ、違うぜ？　俺は狙っていない！　断じてだ！」

ヒューイの瞳の動き、発汗の量、表情をじっくりと観察。歴代の彼女たちの容姿と性格を分析してアイラと比較。すべてのデータを元に結論を導くと、ノアはようやく睨むのをやめた。

「どうやら本当にアイラを狙っていないようですね」

「……嫉妬するぐらいなら本人に甘い言葉の一つや二つかけてやれよ。夫婦仲が良くないと俺も困るんだ。従妹もアイラの侍女になってから生き生きしているし。寝静まってから、肌や髪の手入れやマッサージ……さりげなく翌日の服も用意して。アイラが綺麗になっているのは従妹の力も関係しているんだぜ」

「……ヒューイの従妹、ですか」

彼には何人か従妹がいるが、ノアが記憶を失ってここに来てから一度も会っていないとなると、該当者はひとりしかいない。

（エルソン家の最高傑作にして、最悪の欠陥品。記憶を失う前の私はよくもそんな人物をアイラへ付けようとしましたね。主として認められなかったら殺されはしないでしょうけど、腕や足の一本ぐらい奪われていてもおかしくはないですよ）

幸いなことにアイラはヒューイの従妹に気に入られ、主として認められているらしい。でも、そんな結果になったのはあくまで偶然——そこまで考えて、ノアは違和感に気づいた。

（リスクを冒してでも、ヒューイの従妹にアイラを主と認めさせたかったということでしょうか。記憶を失う前の私は、いずれアイラに大きな危険が迫ることを予測していた……？）

そこまで考えて、ノアは初めて失った記憶を取り戻したいと強く思った。

「ご機嫌伺いにコレでも持っていけ」

ヒューイはノアに甘いココアが入ったマグカップを押しつけた。


ノアはアイラの部屋の前で何度も深呼吸をすると、やっと覚悟を決めて扉をノックする。

契約妻といえど、夜に淑女の部屋を訪れる意味を理解しているノアは扉が開くのを待った。しかし、待てども待てども扉は開かない。灯りがついていることから、眠っている訳ではなさそうだ。

（無視ですか！　そうですか！　そちらがその気ならば、遠慮なんてしませんよ）

ノアはどこか堂々とした気風を感じさせながら扉を開いた。

「入りますよ」

部屋に入ると、床に書物や植物を乾燥させた物、怪しげな液体の入った瓶などが転がっていた。侍女が物を放置するとは思えない。食事を終え、ノアが来るまでの短時間でここまで散らかしたのだろう。

散乱したものを踏まないように気をつけながら部屋の奥へ目を向けると、寝室に置くには大きめの机に齧り付くように、一心不乱に何かを書き記しているアイラがいた。

（私が部屋に入ったことに気づいていないのですか？）

アイラの側に立ち、ノアは彼女の髪に触れようと手を伸ばす。

すると、巨大な植物が間に割り込み、ノアを威嚇するようにガチンガチンと牙を鳴らした。

王族としてしっかりと教育を施されたノアは、なんとか悲鳴を抑えることできた。

「ん？　あれ、ノア。どうしたの？」

ようやくノアの存在に気づいたアイラは、奇っ怪な植物を撫でながら首を傾げた。

「なんですかこの奇妙な生き物は！　あなたのペットですか⁉」

「違うわ。私の守護騎士《ガーディアン》の守るくんよ。ところで、ノア。何か用があって来たの？」

アイラのあまりに落ち着いた対応に、ノアはまた面白くない感情に支配される。

当初の目的を果たすべく、アイラにマグカップがのったトレーを差し出した。

「ヒューイにこれを持っていくように頼まれただけです」

「わーい、ありがとう！　ココア大好き」

「べ、別にあなたのために持ってきた訳では……夜通し作業する、なんて効率の悪い仕事をしていないか確認しに来ただけで」

可愛いアイラの笑顔に心乱されていると見透かされるのが嫌で、辺りに意味もなく視線を巡らせる。

そして、ノアは見つけてしまった。ここ最近の寝不足の原因を。

「あれは……私の枕ではないですか！」

ノアは実験道具や本が散らかったベッドまで近づくと、乗り上げて枕を救出する。

アイラは椅子から立ち上がると、のんびりとベッドの上に散乱した道具や本を床に退けた。

「そのままだったんだ。てっきり、ノアの部屋に移動させたのかと思った。その枕じゃないと眠れないって言っていたし」

「私がそんなことを言っていたのですか⁉　……あり得ない」

優秀な王子であるノアの小さな頃から自覚していた弱点。それは枕が違うと深い睡眠がとれなくなるということだ。

この秘密は欠点でもあり、自分の情けないところだと理解しているノアは、誰にもこのことを話すつもりはなかった。もちろん、生涯の伴侶となる者にも。

(情けないことですら、惚れ込んだ妻に公開するなんて……それほどの覚悟と勇気を見せつけるとは、どこまでも私の上に立つのですか、未来の自分!)

まるで自分の方がアイラを愛していると見せつけられているようで、ノアは心底不快な気持ちになった。

そしてアイラは、ノアを追い詰めるように語り出す。

「あり得ないも何も、その枕を抱えながら初夜にわたしの部屋に突撃してきたのよ。拒否しても、朝になっても居座るし……実験台の上でも熟睡できるわたしでも、恐怖で一睡もできなかったわ」

「馬鹿な……それではただの……変質者ではないですか」

「美形要素なんて、変態行為の前では霞むのね。あのときは……離婚しようか本気で悩んだわ」

一般的に変質者と呼ばれる行為であろうと、愛を伝えるためならば常識なんて簡単に手放す。潔くも真っ直ぐ純粋なその精神にノアは歯噛みする。

ノアにできないことをやってのける。未来の自分に嫉妬した。

「枕のことはもういいです。それよりも、ベッドの上まで実験道具を散らかしていたということは……アイラは、寝ていないのですか？」

ノアはずいっとアイラに顔を近づける。

「……隈はないようですが」

顔色は悪くない。むしろ、血色がどんどん増している。

「ち、近いわ」

アイラはノアの胸を押して離れようとした。

「もしかして、照れているのですか？　これは面白い。どこまで赤くなるのか試してみましょう」

「変態行為をしていた分際で、わたしをからかうつもり――」

ノアはアイラの手を掴んで引き寄せると、アイラをベッドに押し倒した。

自分の下で必死に身じろぎをする彼女に意地悪をするように、耳にそっと囁く。

「おや、リンゴのように真っ赤ですね。こんなにも私に反応するなんて、どうかしていますよ。契約結婚なのに」

耳から顔を離しアイラを覗き込めば、複雑な感情を宿らせた瞳を潤ませている。

……嫌悪の感情は読み取れない。そのことに安堵すると、抑えきれない思慕を示すように、ノアはアイラに唇を近づける。

「本当は……私のことが好きなんじゃないですか？」

「……ちが、う。調子に……乗るな！」

アイラはポケットから黒い塊を取り出すと、それを無理やりノアの口に押しつけた。

「――んん⁉」

ノアが驚愕の表情を見せるがもう遅い。

黒い塊は口の中でとろけ、それと同時にじゅわりと甘酸っぱい液体が広がり嚥下した。

「な、何を食べさせたのですか⁉」

ノアが慌ててアイラに問いかけるが、ぐらりと視界が歪む。

「わたしの手作りチョコレート。疲労回復成分たっぷりよ。ただし数時間、何をしてもまったく目が覚めないっていう欠点はあるけれど、爽快な目覚めは約束するわ」

彼女の自慢げな笑顔を見たのを最後に、ノアの意識はプッツリと切れた。


意識を失ったノアが倒れ込むのを仰向けで受け止めると、アイラは額の汗を拭う。

「マジで危なかった」

先ほど以上に貞操の危機というのをアイラは感じたことがない。

「早いところノアから離れないと」

成人男性というのは結構重い。腕だけの力では覆い被さったノアを退かせないので、アイラはノアに足を絡めるように抱きつき、勢いと遠心力を使って彼との場所を入れ替える。

そして、無防備に眠るノアの唇に、そっと自分の唇を重ねた。

「……わたしも、変態行為をしてしまったわ」

すぅすぅと規則的な寝息を立てる端整な顔の王子様を見下ろしながら、アイラは自分の口を押さえた。

「意識のない王子様にキス……この場合、訴えられたら、わたしが確実に負けるわ。痴女確定。まあ、それも仕方ないわよね」

わたしのベッドに入ってきたのが悪いと心の中で言い訳を呟きながら、アイラはノアの頭の下に彼愛用の枕を敷き、風邪を引かないようにブランケットをかける。

「ノアが現れたときには計画に気づかれたのかと思ってびっくりしたけど……こうして眠ってくれたんだから、変更はなしね」

アイラはベッドの下に隠していた手紙と地図、そして古びた鍵を取り出すと、以前使った隠し通路の扉を開ける。

「行ってくるわね」

どこかで今もこちらを窺っているであろう専属侍女に声をかけると、アイラは隠し通路の中を進んでいく。

道なりに進んだ前回とは違い、今日は地図で確認しながら歩いていく。

だいたい五十メートルほど進むと、壁にある一カ所だけ色が違う煉瓦を押した。それがスイッチとなっていたのか、すぐ後ろの壁が軋みながら動き、下へと続く階段が現れた。

そういった仕掛けを何度も繰り返しながらアイラは進んでいくと、やがて行き止まりになってしまう。

「……地図通り進んでいるし、ここが最後の仕掛けかな」

アイラはポケットから古びた鍵を取り出すと、壁をくまなく見て鍵穴を探す。

「あっ、ここね！」

壁に不自然に取り付けられた錠前に鍵を差し込むと、カチリと音を立て自動ドアのように左右へ壁が動く。

ぼんやりと弱い室内灯の光が差し込み、開かれた壁の奥へ進むと、真紅のドレスを纏った美女――エルザが待ち構えていた。

「待っていたわ、アイラ」

「すみません。約束の時間より、少し遅れてしまいました」

「気にしていませんわ。さあ、座って」

エルザに案内され、窓際のテーブル席に腰を下ろす。

（まさか、エルザお姉様の部屋に直接繋がっているなんて思わなかったわ）

アイラは秘密裏にエルザと連絡を取り、話し合いの席を設けてもらうことにした。

もちろんノアには内緒なので、アイラの離宮で行うことはできず、適当な場所を提供してもらったはずなのだが、あまりの予想外な場所にアイラは緊張していた。

（薄暗いけど、雰囲気のあるお部屋……なんか良い匂いもするし……って、わたしの馬鹿！　ジロ

ジロ見たら失礼でしょ）

アイラが内心混乱していると、エルザが湯気の立つティーポットを手にして現れた。しかも、そのままテーブルの上にあったカップに注ぎ入れようとしている。

「あ、エルザお姉様……わたしにお茶なんて！」

アイラは無理に話し合いの席を用意してもらった側だ。もてなされるのは何か違う。

エルザはやんわりとアイラを制すと、そのままカップに紅茶を注ぎ入れた。

「今は侍女たちもすべて下がらせていますわ。ここでの会話は、わたくしたちだけの秘密。誰も咎めませんわ。それにわたくし、実を言うとお茶を淹れるのが結構好きなのですわ。こんな機会でもないとやれないことなので、気になさらないで」

「ありがとうございます」

そこまで言われたら、これ以上ビクビクするのは失礼にあたる。アイラはありがたくエルザからカップを受け取った。

「昨夜は驚きましたわ。ベッドの上に、アイラからの手紙が置いてあったのですもの」

「ベッドの上に置いてあったんですか!?」

「その様子だと、いつでもわたくしを暗殺できる……という意思表示ではなかったのですわね。良かったですわ」

エルザと秘密裏に連絡を取る手段など思いつかなかったアイラは、くノ一並に忍んでいる専属侍女に手紙を届けるようにお願いしたのだ。

それが思わぬ誤解を生んでいた。自分のミスを悟ったアイラは、エルザに深々と頭を下げる。

「ごめんなさい。普通に渡してくれると思っていたので」

「そんなに落ち込まなくてよろしくてよ。アイラがわたくしに反意がないのは、手紙を読めば分かりましたから。……さて、そろそろ本題に入りましょうか」

エルザはアイラと向かい合うように座ると、毒味の意味を含めて紅茶を一口飲んだ。

「わたくしにしてほしいことがあると手紙には書いてありましたが、具体的には何を？　このタイミングですと、記憶喪失事件についてでしょうけど」

アイラは一度深く深呼吸をすると、真っ直ぐにエルザの瞳を見つめた。

「……わたしに禁書の閲覧を許可してもらえるように、陛下へお願いしていただけないでしょうか」

禁書。それは字のごとく、人が読むことを禁じられた書物のことだ。

内容は主に錬金術の禁忌事項に抵触する知識が綴られている。たとえば人を呪い殺す術やあらゆる生命を死滅させるポーションの作り方などが記された本だ。

禁書は知識の探究に余念のない錬金術師ではなく、王族が責任を持って管理しているとアイラは学校で習っていた。

記憶喪失事件に使われている錬金術は複雑なもので、特殊な学問の知識がなくては概要すら掴むのが難しい。しかし、逆を言えば特殊な学問の基本的な知識さえ得られれば、どれほど複雑な応用を施そうとも、アイラは術を完璧に解析する自信があった。

「わたくしの祖国であるラウシェンバッハ王国は、魔力持ちが生まれることはありませんわ。ヘドロを水に、砂山を麦畑に変えるような奇跡を起こす錬金術師は生まれず、食糧事情は良いとはいえません。軍事大国などと言われておりますが、純粋に人の力を武器にするしか生きていく道はなかったのですわ」

エルザは遠い祖国を思い出しているのか、窓から覗く白い月を胡乱な目で見上げた。

「そんな厳しい国だからこそ、未知の技術である錬金術を殊更恐れ……憧れていますの。錬金術師とはどういった人間で、どのようなことを学んでいるのか。もしかしたら、錬金術が盛んなこの国の人たちよりも錬金術師を理解しているかもしれませんわ」

エルザはアイラに視線を移すと、気品と責任感に満ちた強い瞳を向ける。

「禁書とは、錬金術師たちが最も嫌い、恥ずべき知識が記された書物。時には国一つ平気で滅ぼす兵器。禁書を読むということは、禁忌事項を犯したのと同じ。公に知られれば、死罪となりますわ。……堕ちる覚悟はできているということですわね、アイラ」

「はい」

「それだけではありませんわ。禁書を閲覧すれば、その危険性と有用性から、一生……王家から逃れることは叶いませんのよ」

「覚悟しています。それに特効薬を作製したら、ノアにも禁書を読んだことを話すつもりです。怒ると思うけど、きっと最後には仕方ないって理解してくれます」

「ノアのためならば、錬金術師としての誇りすら捨てるなんて……成長しましたわね。あなたの愛は、ノアの愛に比べたら小さいものだと思っていましたけれど、そんなことはなかったのですわね」

「いえ、その……被害者の方たちがたくさんいるから……それで……」

しどろもどろにあるアイラを見て、エルザは小さく笑みを浮かべる。

「被害者の方々を救いたい気持ちはもちろんあるのでしょう？　ですが、誰よりも気にしているのはノアのこと。愛する夫のためにという気持ちが、あなたが禁書を手にするという覚悟を早く決めさせたのですわ。違いまして？」

「そ、それは……いや……」

「女はみんな王子様に憧れるもの。けれど、王子様に出会うのも、愛されるのも、一生幸せに生きるのも、とても難しいことだと本能で理解していますわ。だから打算や政略結婚で生涯の伴侶を決めることも多い。大きな幸せを得られるチャンスを失う代わりに、心が壊れるほどの傷を負わなくて済む。人間だからこその賢い選択と言えますわ」

生まれながらの王族であるエルザは結婚相手を選べない。王太子と上手くいっているようだが、それはただの結果だ。王女時代は様々な葛藤があったに違いない。

（……王女様はきっと、誰よりも王子様に愛されるお姫様に憧れているんだわ）

アイラは膝の上で手を強く握る。

「あなたが求めた王子様が現れたのなら、決して手放してはダメよ。怖くても素直になりなさい。その気持ちがきっと、アイラの力になりますわ」

ただひとりの女性としてのアドバイスにアイラは胸を打たれる。

（契約結婚なのに、記憶を失った彼はわたしを好きじゃないのに、そんな気持ちに呑まれて目を逸らしてきたけれど、ちゃんと分かっているわ。自分の気持ちくらい）

けれどこの言葉は、錬金術師としての務めを果たし、ただのアイラになってから彼に伝えよう。

代わりにアイラは新たな目標を大きな夢に付け加えた。

「……ノアを助けます。わたしの王子様は、わたしが幸せにしてみせる！」

「リンステッド王国一の錬金術師は幸せを運ぶのですから、絶対に大丈夫ですわ」

自信に満ちた笑みを浮かべるエルザに釣られて、アイラは希望に満ちた笑みを浮かべるのだった。


アイラが隠し通路を使って離宮に戻ったのを確認すると、エルザはベッドに腰掛けた。

「……もう、夜明けですわね」

月は空に同化し始め、もうすぐ星の輝きも消えて朝日が差すだろう。エルザはベッド脇のキャビネットの上に置かれた、水の張った精緻なガラス容器を手に取った。

キャビネットの引き出しからベージュ色の小さな種を取り出すと、それをガラス容器の中にぽとりと落とす。

すると、種は水をぐんぐん吸い込み、根を張り、茎を伸ばし、葉をつけ、一輪の薔薇の蕾をつける。

摩訶不思議な光景に、エルザは熱の籠もった息を吐いた。

「いつ見ても美しいですわ」

咲いた花がただの薔薇だったら、エルザはこんなにも見惚れない。しかし、今目の前で咲いている花は、鮮やかな鉱物――宝石でできていた。

根はシトリンとアンバーで、茎や葉はエメラルドとペリドット、花びらは鮮やかなルビーとガーネットが重なり合っている。それらはすべて完璧に溶け合い、一つの生命と化していた。

「無機物を生物に変える錬金術……これを見たときは、本当に驚いたわ」

美しさにばかり目が行くが、本質はそこではない。

この宝石の花は、日光を浴びれば豊かな花を咲かせ、水から取り出せば枯れて種が一粒落ちる。そんな植物と同じ循環を行っていることがあり得ないのだ。

無から生命を生み出す技術。それはまるで錬金術の至高であり夢――賢者の石の生成に通ずるものがあるのではないか。

「この国では錬金術が身近だからこそ、アイラの異常性に気が付かないのだわ」

エルザがこの国に嫁いできた最大の理由は、この薔薇が貢ぎ物として送られてきたから。そして二つ目の理由を思い出し、エルザは憂鬱な気持ちでガラス容器の縁をなぞる。

「昨夜ベッドに置かれた手紙。アイラは知らされていないようでしたけれど、あれは間違いなく……害意ある行動をすれば、わたくしを殺すのも厭わないという警告ですわ。随分と優秀な侍女が付けられていますのね」

あの事は王太子と王、そして祖国で事前に知っていたエルザの三人しか知らないはず。

アイラを狙う複数の思惑の正体を知らないはずなのに、警戒しているとは……ノアはやはり優秀だ。

「はてさて、この展開はいったい誰の思惑なのでしょうね？　それとも、可哀想なことに未来は何一つ変わっていないのかしら」

エルザの疑問に答えられる者は、今はこの世界のどこにもいない。

朝日が昇るのと同時に、宝石の薔薇がただ美しく花開いた。

第五章　向日葵の咲く庭園で約束を

帰り際にエルザから渡された鍵を手に、アイラは王宮の地下にひっそりとあった禁書の保管庫に来ていた。

窓がなく、防音に優れた室内で響くのは、アイラが本を捲る音だけ。外と隔絶された空間で、アイラは凄まじい集中力で禁書を速読していく。

「禁書は主に呪術に関することが多いのね。他の分野の知識はあまり取り入れていないようだし、複合的な解釈は必要ないのね。緻密な計算で誰でも使える……というよりも、素材の力や術者の能力に頼っている感じ。でもおかげで、基礎さえ叩き込めばすぐに理論を把握できるわ」

古語で書かれている書物も多かったので、アイラは比較的新しい書物から手を出した。

部屋に備え付けられていた目録もきちんとしていたし、本の保存状態も誰かが管理しているのか綺麗で、錬金術の実験設備まで用意されている。とても調べやすい書庫だとは思うが、それでも大きな問題があった。

「こんなに禁書があるとは思わなかったわね」

思わずゲンナリしながら、ずらりと並んだ自分よりも背の高い本棚を見渡し、すぐに気持ちを切り替える。そして、新しい本を手に取った。

「一般的な錬金術において、角は知識と勇猛の象徴、羊は太陽と大地の象徴だけど……呪術だと、羊は繁栄を意味するのね。それなら、黒い羊はなんなのかしら？」

被害者たちに刻まれた痣を思い出し、アイラは深く思考の渦へ飛び込もうとするが、ふとあることを思い出した。

「……そういえば、今は何時かしら」

ポケットから時計を取り出すと、針は出勤時間五分前を指していた。

「ち、遅刻する！」

アイラは慌てて書庫から出て、錬金省へと走っていく。

そして、始業時間の十秒前になんとか錬金省に到着する。

「お、おはようございます」

ぜいぜいと息を切らしながら建物の中に入ると、待ち構えていたかのようにノアが出迎えた。

「おはようございます、アイラ。朝帰りすらしないとは、いいご身分ですね」

笑顔でありながらも、隠しきれない怒りを滲ませた表情にアイラの喉がひゅうと音を立てた。

「……お、怒っている？」

「いったい、私が何を怒るというのですか？　無防備に朝まで眠らされて、妻が夜中に出かけたまま帰ってきていない事実を知っただけですよ」

「ひぃっ」

ノアの威圧に耐えかねて、アイラは怯えた表情で後ろに下がった。しかし、ノアの怒りは一向に収まらない。

「これ以上、勝手なことをしたら、私にも考えがありますからね」

「ごめんなさい！」

「もういいです。私は別の仕事があるので失礼します」

ノアが去っても土下座せんばかりの勢いで謝るアイラの横に、けだるそうな顔をしたジュディが立った。

「何ぃ、夫婦喧嘩？　甘酸っぱい。さすが新婚ね。喧嘩しても朝は会いたいとか健気ぇー。ああ、妬ましい」

「ち、違うわ！」

これが甘酸っぱい夫婦喧嘩に見えるというのなら、眼科に行った方がいい。そう言おうと思ったら、アイラはジュディに乱暴な動作で肩を揺すられた。

「そんなことどうでもいいのよ！　……良い男とデートして、ちやほやされたい……」

「どうしたの、ジュディ。酔っ払っている……訳ではなさそうだけど……」

「昨日、徹夜で犯人のキメラを探していたんだヨ」

どこかくたびれた様子のロゥロゥが言った。

「えっ、そうなの？」

「急にユージンが早く見つけろと無理を言ってきてネ。仕方なくサ」

「魔力を使いすぎたわ。疲労が溜まって眠い……」

「錬金術師専用徹夜ポーション飲む？」

辛そうなジュディにアイラがポーションを差し出すが、ジュディは首を横に振る。

「……大丈夫。それを飲むと、人の顔を思い出せなくなるから」

このお手製徹夜ポーションは便利で、疲労回復に最適で服用し続ければ、最長一週間ほど寝ないで作業ができる。けれど、それだけ強力なだけに副作用があり、錬金術に関すること以外の記憶力が著しく低下するのだ。なので、外部との接触が多いユージンなどはこれを飲んで失敗したことがある。

アイラもまた、四年前に大きな失敗をしたため、このポーションは本当に切羽詰まったときにだけ服用していた。

「ボクはほしいナ。結構おいしいんだよネ」

ロゥロゥがアイラの手からポーションを手際よく盗む。しかしそれを、錬金省一の常識猫のニケが、猫じゃらしに飛びかかるかのように素早く奪う。

「ロゥロゥくんは、ポーション使うほど疲れているように見えませんにゃ。没収ですにゃ」

「それはボクのだヨ！」

アイラはわちゃわちゃとじゃれ合うロゥロゥとニケから、ジュディへと視線を移す。

「それで、キメラの姿を確認できたの？」

「なんとか一枚だけね。たくさん観測するキメラをばら撒いたんだけど、全部喰われたみたい。感覚を同調していなくて良かったわ」

「お疲れ様、ジュディ」

アイラはジュディから受け取った紙を見る。そこには、写真と見紛うような精巧な絵が念写されていた。

真っ黒い画面に赤い光が二つ。それをじっくりと観察し、アイラは黒色が暗闇などの背景ではなく、一つの生き物だということに気づく。

「赤い目をした黒い……蛇？」

ぞわりとアイラの肌が粟立った。

本能的に恐ろしさを感じていると、横からひょいっとロゥロゥとニケが顔を出す。

「蛇以外の動物的特徴はないみたいだヨ」

「おいしそうですにゃ」

「「「……え？」」」

「にゃ？」

一瞬、空気が凍ったが……アイラは現実から目を逸らし、話を戻すことにした。

「キメラは基本的には他の生物と肉体を融合させた見た目をしているけれど、これは蛇の要素しかないわ」

「他の生き物の良い部分を繋ぎ合わせた生命体っていうのが、キメラの利点ね。けれど、見た目に出るだけがすべてではないわ。用途にもよるけれど、丈夫な内臓とかを融合させたりして、見た目だけは素体と変わらないなんてこともなくはないし」

ジュディが珈琲を飲みながら言った。

「つまり、外見が蛇だけならば、内臓や筋肉……その他の要素を別の生き物と合成させて……でも、それだけだと肉体的に強いキメラにしかならないわよね？　護衛役ぐらいにしかならないわ。そもそも、知能が足りない」

「まあ、通常の錬金術の理論としてはね。でもこの事件で使われている錬金術は普通とは違うでしょ」

ジュディの言葉を聞いて、アイラの脳内でバラバラだったピースが嵌まり始めた。

「……もしかして」

組み上がったパズルの絵が正しいとすれば、この錬金術はアイラが想像していたよりも……とてもとても恐ろしいものだ。

けれど、だからこそ今すぐにでも動かなくてはならない。

そう思ったときには既にアイラの身体は動いていた。

「え、アイラ⁉　そっちは研究室じゃないわよ！」

ジュディの制止を振り切り、アイラは禁書の保管されている書庫へと向かう。

禁書の中で、羊は繁栄の象徴だった。

繁栄とは誰のためのものなのか。それは十中八九、錬金術師のためのものだ。ならば、黒い羊
――黒く染まった錬金術師とはなんなのか。

それはおそらく……禁忌事項を犯し、堕ちた錬金術師のこと。

「そもそも、キメラは錬金術を使えない。それほどの知能はないはず。だから、キメラが人の記憶を抜くことはできない……通常は」

けれど、一つだけ可能性がある。

ただしそれは、禁忌事項に触れることで、普通の教育を受けてきた錬金術師ならば絶対に思いつかないこと。


黒い羊の角……それは堕ちた錬金術師の成れの果て。

蛇と堕ちた錬金術師の魂を合成させて作ったキメラ。それが集団記憶喪失事件の実行犯だ。

禁書が保管された書庫に入り、書物の読み込みと実験にアイラは没頭した。

幸いなことに、書庫の実験設備の中には希少な素材も多く、一度も外へ出ることなく作業ができた。

日付の感覚がなくなった頃、ようやく記憶を取り戻すポーションの試作品が完成する。

「……できた」

小指ほどのサイズのガラス容器に入った、キラキラと輝く桃色のポーションを見て、アイラの心は達成感に満ちあふれる。

「とりあえず、この試作品をユージン師長に提出して、そのあとに治験の希望者を募らないと」

そうなると、ユージンに禁書のことを話さないといけない。だが、いつまでも黙っておけることではないので、良い機会だろう。

「……ノアにはまだ黙っていないと」

好きだからこそ、彼に余計な迷惑をかけたくない。そう思って呟いた独り言だったが、背後からアイラに声がかかる。

「何を私に黙っているのですか？　やっと見つけましたよ、アイラ」

「ノ、ノア⁉」

振り返ると、怒りに満ちた顔でアイラにずんずんと近づいてくる。

そしてアイラの目の前に立つと辺りを見渡し、すべてを理解したかのように、自分の髪をぐしゃりと乱して、睨み付けてきた。

「あなたという人は！」

「あの、その、遊んでいた訳ではないのよ。ほらこれ、記憶を取り戻すポーションの試作品。早く服用に同意してくれる人を探してデータを作らないと」

少しでもノアの怒りが散ってくれることを祈りながら、アイラは試作品のポーションを差し出した。

「私が同意します」

そう言うと、ノアはアイラが止める間もなく一気にポーションを飲み干した。

「ちょっと、ノア⁉　王子様が何をやっているのよ！」

アイラが掴みかかると、ノアは勝ち誇ったかのようにニヤリと笑みを浮かべる。

「王子がなんですか！　もう我慢の限界です。あなたは酷い女です。だから、徹底的に苦しめばいいんですよ！」

「もし、失敗していたらどうするのよ！」

自分のことを道具だと言うほどに王子であることを第一に考えてきたノアが、治験もしていないポーションを飲んだことに、アイラは驚愕し、喉がひりつくほど大きな声で叫んだ。

「やだ……ノア、もしものことがあったら……わたし……」

「そんなことあるはずがないですよ」

ノアは少し目を見張ったあと、優しげに目を細める。そして、壊れ物を扱うかのようにアイラの頬を撫でた。

「十九歳の私も、二十四歳の私も、きっと……初めて会ったときからアイラのことが好きですよ」

そう言ったのを最後に、ノアは意識を失った。

❋ ❋ ❋ ❋ ❋

ノアが自分を空虚な人間だと知ったのはいつだっただろうか。

勉強も武術も、少し嗜んだ程度で並の人間の技量を超え、その道の天才だと讃えられるまで一ヶ月も満たない。

社交も、相手の望む言葉を先読みし、表情筋を操作して人畜無害な微笑みを浮かべれば、簡単に人が付いてきた。

他人にも、自分にも興味がないから、危険な仕事にも躊躇なく身を投じられるし、命令もできる。

利権にしがみついてきた古参の貴族たちが怒り出すような、革新的な法を提案することも第二王子の役割だと淡々と受け入れ実行してきた。

暗殺者に命を狙われたときも、心乱されることなんてなかった。

心優しい異母兄のことは家族として敬愛しているが、彼が道を誤ったときは、なんの戸惑いもなく処理することもできるだろう。

第二王子としての役割を実行しているだけの信念のないノアを、いつしか一部の急進派閥の貴族権力の頂点である王位すら、ノアにとっては興味のないものなのに。

くれると、未来を見通す力もないのに、無責任な貴族や平民は公然とのたまう。

美しく優秀なノア第二王子こそ王に相応しい。このリンステッド王国に更なる繁栄をもたらして

たちが推し始めた。

ノアは定例の会議を終えると、話しかけてくる文官たちや護衛の騎士を振り切り、王宮の端に、

庭師にすら忘れ去られた寂れた庭園へと向かった。

草が伸び放題、木の枝も剪定されておらず、噴水や東屋の石材はところどころ崩れている。

王子としては、この荒れ果てた庭園の存在を文官たちに指摘し、新しく整備するなり、取り壊す

なりするべきだとは思うが、王宮内でひとりになれる唯一の場所なのでそのままにしていた。

「まったく、無駄な時間を過ごしました」

装身具の過剰に付いた上着を適当に東屋のベンチに放り投げると、シャツのボタンを二つほど開

き、セットされた髪をくしゃりと掴んで乱す。雨水の溜まった噴水に姿を映せば、王宮に似つかわ

しくないラフな格好をした青年がいた。少し離れたところから見れば、余程近しい者でないかぎり、

第二王子だとは気づかれないだろう。

伸びきった雑草を踏みつけ、ノアはその上に寝転がって目を瞑った。

「国家の進む道を決める重要な会議と声高々に言う割には、第二王子の結婚相手ばかりに話を持っ

ていこうとするなんて馬鹿馬鹿しいですね」

ようやく王太子の婚約者候補を三人まで絞れたところなのに、第二王子の結婚相手探しとは時期尚早だ。王太子が結婚してから、国内情勢や王太子妃との関係を鑑みて第二王子妃を決めるべきだと分かっているだろうに、貴族たちは権力という甘いニンジンに釣られて、我先にと飛び出してくる。

確固たる信念があって政治基盤を作ろうとしていたり、娘が望んでいるからと躍起になる貴族はまだいい。問題なのは、国主の座をあわよくばと狙っているヤツらだ。

ノアがいくら拒否しても、次々と湧いてくる。羽虫のように鬱陶しい。

「ラウシェンバッハ王国への貢ぎ物が紛失した事件や、宮廷錬金術師の集団退職について議論するべきでしょうに……」

兄と父もだ。ノアの結婚相手の話題が出た途端、いい人はいないのかと質問攻めにしてきた。空虚で人間らしい感情が乏しいノアに、恋愛なんて無理だろう。事実、言い寄られることはあっても、自分から女性を口説いたことなんて、この二十年の人生の中で一度もない。

利用価値のある相手と政略結婚し、国の道具として兄の国造りに協力する。時には道具として、命も躊躇なく国へ捧げる。それこそが求められているものであり、ノアも不満もなく、決められた未来に逆らう気はなかった。

しかし、空虚で精密な機械のような第二王子の世界は、一瞬で色づき輝き出す。

「そこの人！　危ないからどいてぇぇええ‼」

突如、上空から響き渡る声を聞いて、ノアは慌てて目を開けた。そして、驚愕する。

「……天使？」

そう、天使が真っ白い翼を広げて空から落ちてきた。

天使の顔立ちは愛らしく整っていて、サンストーンの瞳は感情豊かに揺れている。肩まであるオレンジブラウンのふんわりとした髪は、太陽に透けて金色に輝いていた。

自分より年下の少女に見える天使に、ノアは生まれて初めて強い欲望を抱く。

（……この天使が欲しい）

感情の赴くまま、ノアは立ち上がって両手を広げると落ちてきた天使を抱き留める。

落下の衝撃を流しきれず、ノアは天使を抱きしめたまま地面に三回ほど転がった。地面が伸びた雑草ばかりだったのが良かったのか、腕に掠り傷を負ったぐらいで済んだ。

天使の華奢ながらもやわらかい身体と、甘い匂いを堪能していると、耳元で焦った声が響く。

「ごめんなさい、怪我はありませんでしたか⁉」

愛らしい外見と合う鈴を転がすような声に三秒ほどうっとりしていたノアだが、ハッと我に返り状況を把握するべく思考を巡らせる。

この世に天使がいるなど聞いたこともない。そうなると、今ノアが抱きしめているのは人間の年若い娘だろう。

少女は探索などで使うような厚い革製のリュックを背負っている。どうやら白衣を着用しているようだが、布地が裾から背中にかけて縦に裂けていた。落下の際にこの裂けた白衣が風圧でなびいたため、天使が羽を広げているように錯覚したのだろう。

（……ちょっと待ってください。見ず知らずの年頃の娘を抱きしめて、匂いを堪能するなんて……控えめに言って変態の所業ですよね？）

成人男性として通報されてもおかしくない——もちろん、第二王子の振る舞いとしても許されない行動を自覚し、ノアは慌てて少女から離れた。

「私の怪我は大したことありませんので、気にしないでください」

耳まで響く心臓の音を無視して、冷静に——一般的に理想と言われる紳士的な態度でノアは答えた。

一般的な貴族の令嬢だったら、このままお礼を言って立ち去るか、ハンカチを渡すぐらいだろう。早くいなくなってくれと念じていると、少女はノアの腕を掴んだ。

「怪我をしているんですか⁉　見せてください」

「い、いいえ、私は別に……」

少女はノアの反応など気にせず、地面に擦りつけて茶色くなったシャツ、そして擦り傷を医者が診察するかのように慎重な動作で観察する。

いやらしさもなく、ただ触れられているだけなのに、ノアは自分の頬が紅潮していくのを、急に上がった身体の熱から感じた。

（心拍の上昇、身体のほてり……この症状はまさか、この名も知らぬ少女に私は恋をしたというのですか？　確かに外見は私の好みですが、それだけで恋に落ちるなんてあり得ません）

自分の顔の造形を好んで近づいてくる令嬢たちを内心、冷めた目で見ていたノアは、自分が今まさにその状況に成りつつあることを認めない。

一目惚れなんて、面食いの愚かな人間が陥る心理的錯覚だと何度も何度も否定する。

「はい、これで治りましたよ！」

患部を見ていた少女は何か液体を傷にかけると、花が咲くような笑みでノアを見上げた。

「……くっ、可愛い」

思わぬ少女からの不意打ちに、ノアは触れられていない方の手で口元を押さえる。

今のポロッと出た本音――ではなく、紳士として当然の社交辞令を聞かれていないか横目で窺ってみると、少女は再び怪我をしていた腕に視線を移していた。

……どうやら、聞こえていなかったようだ。

「シャツが破けてしまっていますね。ごめんなさい」

「いいえ、これぐらい大したことは……」

シャツの代わりなど部屋にいくらでもある。そう思いながら患部を見ると、傷が綺麗に塞がっていた。

（振りかけただけで一瞬にして傷が塞がるポーション？　そんなもの、まだ市場に出回っていないはず……）

少女の着用している白衣はボロボロで、どこの所属かは分からない。この王宮で白衣を着る職業は医療職か錬金術師だが……医療部門で高性能なポーションを新しく採用したという話は聞かないし、こんな医学や政治、はたまた軍事がひっくり返るような発明をした錬金術師が現れたなら、三日と経たずに国中にその名が轟くに違いない。

（王宮に仕官している者……ではなく、外部から来た人間ということでしょうか？）

何者だと訝しみながらノアは少女を見る。しかし、少女は破れたシャツを見て青い顔をしながら、頭を抱えて唸り出す。

「うぅ……今は弁償するお金の持ち合わせが……けれど、助けてくれたお礼はしなくちゃだし……ああ、そうだ！」

少女は何か思いついたのか、胸に手を当てながら微笑んだ。

「わたしの名前はアイラ・ジェーンズと言います。新人の宮廷錬金術師で、今は訳あってお金の持ち合わせがないのですが、次のお給料が入ったら必ず助けてくださったお礼をします。折を見て錬金省へ訪ねてきていただければ幸いです」

「女性を助けて金銭をもらうのはどうかと思うのですが……」

「それでは、わたしの気が済まないんです。お金じゃなくても、本当になんでもしますから！　お礼をさせてください」

なんて危機感のない少女だ。相手の素性も知らずに名乗り、あまつさえ何でもします、だなんて。自分の可愛らしい容姿や声、そして全身から溢れ出んばかりの癒やしのオーラに対して自覚がないのだろうか。

（男性の……というか、人間の恐ろしさを知らないんでしょうか。鈍い人です。口約束は、法的に

も効果があるというのに）

ここは「なんでも、なんて軽々しく男の前で言うものではありませんよ」と注意すべきなのだろう。ノアは幼子を窘めるような、優しげな表情を浮かべる。

「なんでもしてくれるんですね。とりあえず保留でお願いします」

「はい！」

ノアの口からは表情とは別の言葉が出た。

……男の浅ましい本能にノアは抗えなかった。純粋な少女――アイラから視線を外すと、ノアはやましさを隠すように咳払いをする。

（アイラ・ジェーンズ……確かに今年、錬金省に入職していますね。彼女が先ほどのポーションを開発したのでしょうか？　しかし、彼女の目立った活躍はこの王宮で聞いたことがありませんが……）

王宮に仕官した人材は、貴族・平民問わずすべて記憶している。幸いなことに、彼女は貴族令嬢だったので、様々な情報がノアの脳裏に駆け巡る。

（デビュタント以来、目立ったパーティーへの出席はなし。位は子爵ではありますが、ジェーンズ家といえば、歴史は古く、一芸に秀でた天才を多く輩出していますね。爵位を上げることは何度か検討していますが、爵位を上げるなら、金か物をくれとジェーンズ家自体が強く反発しているので実現していませんね）

自分の興味があること以外は出不精で、政治も権力も興味がない。ジェーンズ子爵家の社交界での振る舞いは貴族らしくないが、この国の食料庫として領地は豊かで国策の重要な拠点であるし、夫人の派閥を超えた社交界への影響力の強さも侮ることはできない。嫡男は今年、近衛騎士に任命されており、いずれは王太子付きになるだろうという評判だ。

国に有用な人材すぎて、王が開いた夜会を堂々と欠席できるのはジェーンズ子爵家だけと社交界で言われている。各派閥が味方に取り込もうと躍起になる中、正直……王家も社交界で特殊な立場を築いているジェーンズ子爵家と太いパイプを繋ぎたいと思っていた。

(つまり、ジェーンズ子爵令嬢ならば第二王子妃となることができる……って、私はいったい何を考えているんですか！)

無意識に浮かんだお花畑思考を、ノアは髪をぐしゃぐしゃにかき混ぜながら振り払う。それを不審に思うアイラの視線に気づき、慌てて真面目な好青年風の表情を浮かべる。

「つかぬ事をお伺いしますが、何故あなたは空から降ってきたのですか？」

「実は錬金術の実験に失敗してしまって。控えめに言ってクリーチャーなキメラが誕生してしまったんです。そして、キメラに白衣の裾を掴まれたまま空を飛んでしまい……」

「そのキメラはどこへ？」

「西の方へ飛んでいきました！　まあ、込められた魔力が尽きれば、一時間ほどで消滅しますので、人的被害は出ない……はずです」

そこまで言うと、アイラはおずおずとノアを窺うような視線を向ける。

「あの……もしかして、文官の方ですか？」

尋問のようなやり取りをしてしまったのはまずかったかと、ノアは気持ちを切り替えて柔和な笑みを作る。

「いいえ、違います。ただその……興味本位で。私は庭師見習いなのですが、宮廷錬金術師の方と話すのが初めてだからつい色々聞いてしまったんです」

「なるほど。庭師見習いだから、誰もいない寂れた庭園にいるんですね！」

「そうなんですよ」

王宮へ上がるような業者は、新人でも口調や立ち居振る舞いを上流階級の人間が不快にならないように矯正される。一目で身分が高いと分かる、装飾品の付いた上着は脱いでいるので、高級な布地の服を着ているが、見習い庭師が王宮に上がるために借りていると不審に思われないはずだ。

「せっかくだから、名前を教えてください。ここで会ったのも何かの縁だと思いますし」

アイラは何気なく名前を聞いてきたのだろう。しかし、ノアの脳内は一瞬にして数多の思考が駆け巡る。

（……もちろん、ここで正直に第二王子と名乗る訳がありません。せっかく、見習い庭師として認識してもらえたのですから。今までの会話の中で彼女が嘘を吐いているという可能性も捨てきれません。ポーションの出所は、違うところかも。でしたら、第二王子と名乗って揺さぶりをかけるのも……いいえ、それではアイラは警戒するでしょう。信用され、彼女に心を許してもらうためには、緻密な行動が求められます。あくまで、仕事です）

彼女が本当にあのポーションを作製した錬金術師なのか調べなくてはならない。ついでに、錬金省の様子をもう少し知りたい。もともと、最近の錬金省への陛下と王太子の対応は、冷遇……とまではいかないが、明らかに蔑ろにされている。

文官たちは金食い虫の錬金省を抑えつけるためだとか、ユージンが王太子の側近にならなかったから権力を削ごうとしているだとか言っているが、ノアはそれらを何かを隠す……もしくは、狙っているためのフェイクなのではと疑っている。

「貴族令嬢に名乗るほどの者ではないのですが。そうですね……今日は実を言うと下見をしているという建前で仕事をサボっているので、保留にしているお礼をいただく際に名前を教えるというのはどうですか？」

「分かりました。楽しみにしていますね」

アイラは目を輝かせながら頷いた。

（な、なんて、純粋な目で私を見るんですか！）

ノアの胸の奥が締め付けられるように痛み出す。

いつものノアだったら、他人を騙して情報を聞き出すなんてことは、眉一つ動かさずにやってのける。それなのに、今はアイラを騙していることを心苦しく思っているのだ。

（……罪悪感という感情がここまで苦しいものだなんて）

ノアは息を少し乱しながら、アイラに微笑みかける。

「サボりついでに、あなたの仕事を手伝いますよ」

「た、助かりますぅぅうう」

「えっ、泣くほどですか？」

アイラは号泣しながら、ノアの手を握りしめる。

「実を言うと、今の錬金省は存続の危機なんです。ベテランの宮廷錬金術師たちが一斉に退職したのを知っていますか？」

「まあ、話には聞いています」

今日の会議の議題の一つだった。ユージンが不在だったのもあって、特に話し合いなどは行われずに流れたが。

「半年前から、宮廷錬金術師たちの給料待遇の基準を他の文官や武官たちに合わせるということになったのですが、そのことに腹を立てた先輩たちが、今週になっていきなり一斉に退職したんです！」

「待遇が変わったことに不満があるなら、給与が切り替わる半年前に辞めるのではないのですか？」

「ええ、そうしてくれれば良かったです。でも、あの人たちは……いきなり辞めるだけでも非常識なのに、今年度の錬金省の予算をすべて使い切ってから辞めたんですよ！」

「錬金省のトップは何をやっているのですか……」

ノアは己の側近であるユージン・レイノルズの顔を浮かべる。

「ユージン師長ですか？　あの人は三流錬金術師だから、現場を取り仕切っている主任に研究に関する仕事をさせてもらえなくて、予算を使い込まれていたのに気づかなかったそうです。主任の方がユージン師長よりかなり年上で、当然勤続年数も同僚たちの信頼度も上でしたから、色々強く出られなかったのは理解していますけど」

入って数年とはいえ、あの策士のユージンでも、宮廷錬金術師たちをまとめ上げられなかったとは、余程現場は酷い状態だったらしい。

(そういえば最近、胃薬の量が増えた、仕事の人間関係が辛いだとか、ユージンがぼやいていたような気がしますね。すべて聞き流していましたが)

ノアはすぐにユージンの疲れ切った顔を思考から消すと、意識を再びアイラへと移す。

「でも、残ったメンバーが、新人のわたしと三流錬金術師のユージン師長と給料泥棒のサボり魔ロゥロゥってどういうことなのぉぉおお！　猫の手も借りたい状況なんですけどぉぉおお！　あっ、突然叫んで申し訳ありません。ちょっと睡眠時間が足りないもので」

アイラは突然叫んだかと思えば、すぐに真面目な顔で謝罪してきた。……どう見ても、情緒不安定だ。

彼女の尊厳のためにも、今のは見なかったことにしよう。そう思ったユージンは、話を元に戻すことにした。

「人員補充のめどは立っているのですか？」

「適正のある人間が極端に少ない専門職なんで、急な人員補充は無理ですね。でも、学生時代の友人が来年から来てくれることになったんです。狩りのしがいがある独身男性がいっぱいいるよって伝えたら喜んでくれて」

給与ではなく、別の要素を売りにして勧誘するのは、とても良い手だ。……狩り、とか物騒な単語が聞こえた気がしたが、アイラの笑顔が可愛いから無視しよう。

「そうなると、問題は予算の方ですか？」

「はい。ユージン師長が予算の使い込みを隠しつつ、財務部と交渉したのですが、近年は目立った実績のない錬金省に追加予算は与えられないと袖にされたそうで。しかも、来年は今までよりも予算を大幅に減額すると。あの、ケチケチ文官たちめ！」

「それでキメラを作ったのですか？」

「友人の意見を参考にして、SNS映え……えっと、年頃の女性が好きそうな置物を作ろうとしたら、何故かキメラになってしまったんです！　やっぱり安物の素材と、それを補うために使い慣れていない魔力の込められた髪の毛を使ったのがいけなかったのかな？」

「髪の毛を入れたのですか？」

「もちろん、自分の髪の毛ですよ。昔は錬金術師の魔力が込められた髪の毛を素材に使っていたと歴史で学んだので、錬成に加えてみたのですが……逆に計算式を狂わせたみたいです。ああ、素材がもったいない！」

女性たるもの髪は長くすべしという風潮は、一昔前で終わっているとはいえ、錬金術のために自分の髪の毛を切るなんて、本当に……本当にもったいない！

髪の長いアイラが見たかった！

「予算増額なら、先ほどのポーションを提出すればいいのではないですか？」

「……一度、主任に提出したのですが、こんな物ではとても王族の出席するような会議に出せないと言われまして」

「……それはおかしいですね」

近年、目立った業績を上げていなかった錬金省からすれば、アイラのポーションは喉から手が出るほど欲しかったもののはずだ。

少なくとも、ユージンならば嬉々として最高の舞台を用意し、ポーションとアイラを発表しただろう。

「ですよね！　素材はすべて国内で取れるものですし、一時的に治癒力を高めて傷の修復をしてくれるんです。抗生物質のような効果はないから、病気には効きませんが、怪我ならば一瞬で治癒。しかも、味は子どもでも飲みやすいオレンジ風味なんですよ！」

アイラは時折、専門用語とは違う言葉を使う。錬金術は、発想力がもっとも重要な鍵だと言われているが、おそらく彼女はそれが突出しているのだろう。

「まあ、一部珍しい素材を使っているので現状は大量生産できませんけど、養殖はそれほど難しくないみたいです。これから素材を安定供給できるように生産ラインを整えれば、わたしひとりで月に二十本は量産できますし。もしもの時のお供として、貴族受けも間違いなしです！」

錬金術師にありがちな、珍しい素材ばかりで量産ができないという問題点もなく、販売したときの展望まで考えているなんて、ユージンが喜びそうな人材だ。

けれど、今まで現場を仕切ってきたが目立った功績のない宮廷錬金術師たちには脅威に感じただろう。おそらく、彼女のポーションの実績は意図的に潰された。

「それならば、尚更ポーションを提出してみては？　今度こそ正当な評価をもらえると思いますが」

「先ほどのポーションで在庫がなくなってしまったのでダメですね。素材を買うお金ももちろんありませんし」

「……それは申し訳ありません」

「謝らないでください！　どうせ、あなたがいなければわたしは両足骨折してポーションを使用していましたから。余計な痛みを感じなかった分、助けていただいたことには感謝の念しかありません」

「そう、ですか」

骨折すら瞬時に治せるのかと、ノアは苦笑いしたくなった。

しかし、アイラ自身は自分の言動が規格外だと気づいた様子もなく、ウィンクしながら親指を突き出した。

「あと、今回は一発逆転さよならホームランを狙っているので大丈夫です」

「一発逆転とは？」

ノアが首を傾げると、アイラはムフフと笑いながら耳元へ顔を寄せた。

「ここだけの話なんですけど、王太子殿下の婚約者候補の王女様に献上する予定だった特別製の宝飾品が、外務省から盗まれてしまったんです。今は血眼になって外務省が宝飾品を探しているそうなのですが、既に闇市のオークションで競り落とされたという情報を入手しました」

「その情報は確かですか?」

「闇市巡りは、わたしのライフワークですから!」

もしかすると、上司のユージンですらこのことは知らないかもしれない。アイラの意外な情報網の広さに、ノアは驚いた。

「では、代わりの献上品をあなたが作るということですか?」

「困っている外務省に特大の恩を売れば、追加予算はもちろん来年の予算も増額間違いなし。これでも年頃の乙女ですし、文官のおじ様たちよりも王女様が喜ぶ献上品を作れるはずです。だいたい、献上品に宝飾品とか安直なんですよ!」

「まあ、それは……確かに」

ノアも鉱物資産が豊富なラウシェンバッハ王国の王女へ宝飾品を贈るのは、ひねりがないと思っていた。だがしかし、他に若い王女への献上品が思いつかなかったのも事実。

(……私が見極めてあげます)

アイラが本当に治癒のポーションを作れるほどの錬金術師なのか。そして、彼女の欠点を。一目惚れだなんて、嘘だと結論付けるために。

「そろそろ、あなたの仕事を見せてください。私は……そうですね、あなたの助手になります」

探るためにそう提案すると、アイラはサンストーンの瞳を大きく見開いた。

「わたしの実験に助手が付くなんて初めて。とっても嬉しいです」

「では、アイラ様。私は今からあなたの助手です。だから、もっとくだけた口調でいいですよ」

「でも……あなたも敬語ですし、命の恩人ですし……」

「私は平民ですから。これでいいんですよ」

身分を意識させれば、彼女だってノアを下に見てくるはず。それが身分社会にとっては正常なことはいえ、恋心は冷めるに違いない。

……第二王子に大切なものなんていらないのだ。

「ならせめて、わたしのことはアイラって呼んでください」

「え、いや……私は平民で……」

「呼んでくださらないなら、このまま敬語です」

ノアの思惑など感知せず、アイラは真剣な顔で言った。

しばしの沈黙の後、根負けしたのはノアだった。

「……分かりました、アイラ」

「うん！　よろしくね、助手さん」

真剣な顔から一転して、アイラは花開くようなやわらかい笑みを浮かべた。

「……くっ」

ノアはアイラから顔を逸らし、にやけそうになる口元を押さえた。

敵はなかなか手強い。

（だいたい、私ばかり驚いて狡いです。ここは、彼女が思わず惚れてしまうかもしれないほどの、

完璧な助手っぷりを見せつけてやりましょう）
王宮で天才と持て囃されたノアは、心の中で強かに笑った。

三十分後。

「助手さん、魔石を潰すのが遅い！　それに粒子も粗い！」

「す、すみません」

ノアはアイラに叱られていた。

目の前には、様々な属性の魔石の山があり、それを砕くようにアイラから言われたのだが……これがなかなか難しい。

一度、アイラからしっかりと説明を受けたはずだが、ノアが砕いた魔石はまばらな仕上がりだった。簡単だと思った作業だが、意外にも職人に通ずる技術が必要だったようだ。

「こうやるのよ」

アイラはノアの目の前で魔石を均一な粉にしていく。魔法と見紛うような手際の良さで、ノアはこっそりと落ち込んだ。

「分かった？　まあ、初心者だからできないのは仕方ないけど」

「……ぐっ」

アイラの仕方ないという表情に、ノアのプライドが刺激される。

（あまり私をなめないでいただきたいですね。アイラの動きもしっかりと記憶しましたし、今度は私があなたを驚かせる番です）

「アイラ、次こそは均一に魔石を砕いて見せます。今一度、私にチャンスを！」

「あ、ごめんなさい。もうこれで魔石の粉は十分よ」

「そう、ですか……」

ノアは心の底から落ち込んだ。

しかし、アイラはそれに気づいていないのか、鞄の中から綿布で包まれた大きめの袋を取り出すと、それを地面に広げた。

「それは……宝飾品ですか？　年代の古いものが交じっているようですが」

量と種類はたくさんあるが、安物の宝飾品のようで宝石は小さいものが多く、手入れもされていないのか色が曇っている。

「助手さんってば、宝飾品に詳しいの？　男性にしては珍しいね」

「庭師には宝飾品の知識も必要なんですよ。庭造りにも美しさが求められますから」

「確かにそうね。でもこれは、宝飾品として使う訳じゃないのよ」

アイラはそう言うと、緑と黄色、そして茶色の宝飾品をいくつか手に取った。

「市場で安い宝飾品を片っ端から買い漁ってきたわ。これを使って試作品を作るの。まあ、おかげでわたしの財布の中身はスッカラカンなんだけどね……」

「宝石を使った錬金術なのですね。すると、本番は高価な宝石を使うのですか？」

「お金の心配なら大丈夫よ。デビュタントのときにお父様からもらったこのネックレスを使うから！」

アイラは白衣のポケットから無造作にネックレスを取り出した。

それは一級品の宝石が使われていると一目で分かるほどの輝きを放ち、デザインもシンプルでありながら様々な種類の宝石の良さが活かされている。

「それは大事なものなのでは？」

王族が身につけてもおかしくないほどの価値がそのネックレスにはある。

断腸の思いで錬金術に使うのだろうとノアは思ったが、アイラは溌剌とした顔でネックレスを天に振り上げた。

「うちの家訓は、『趣味のためならばなんでも使え』ですよ。お父様も、錬金術の足しにしろってことでプレゼントしてくれたんだと思います！」

「そう、ですか……」

可愛い娘を想ってプレゼントしただろうに、呆気なく錬金術の素材にされてしまうなんて……ノアは、会ったこともないジェーンズ子爵に同情した。

「ところで、どのようなものを作るのですか？　詳しく聞いていませんでしたが」

「ふ、ふ、ふっ。それは見てからのお楽しみです」

アイラは得意げな笑みを浮かべると、草を抜いた地面に枝で何やら紋様を描いていく。

「大地の上に魔石の粉、宝石、そして薔薇の種。わたしの髪の毛を入れていないから、今度は暴走しないはず」

紋様が描き上がると、アイラはその上に素材を次々とのせていった。

「見ててね、助手さん。アイラ・ジェーンズ渾身のＳＮＳ映え……じゃなくて、誰も見たことのない美しい作品を見せてあげる！」

アイラが素材の上に手をかざすと、ふわりと彼女の髪や服の裾が持ち上がる。そして、手からあたたかな光が漏れて、それらが素材を包みこむ。

「錬成《アルキュミア》！」

アイラが叫ぶと同時に光が強くなる。素材がすべて溶け、今度は彼女の願いに応えるように一から形を形成していく。

その美しさに思わず見惚れていると、光が徐々に小さくなった。

そして、現れたのは、これまた美しい作品――ではなく、ぐずぐずに溶けた薔薇の花びらと茎とギザギザの歯を持つ、一般的な感性から言ってもクリーチャーに分類される生き物がいた。

「いやぁあああ！」

アイラは絶望したかのような、甲高く擦れた悲鳴を上げた。

「あれが、誰も見たことのない美しい作品なのですか？」

「ちっがぁーうっ！」

やはり、あの薔薇の生き物は失敗のようだ。

速度はゆっくりだが、歯をガチャガチャと鳴らしながらこちらへと向かってくる。身体は酸のような劇物でできているようで、薔薇の生き物が通った道の雑草が溶けていた。

「あれの弱点は？」

「じゃ、弱点⁉　魔力が切れるのを待つしか……」

「見たところ、硬度はそれほどなさそうですが……」

ノアはアイラを背中に庇うと、手近にあった大きめの石を薔薇の生き物に投げつける。

グシャリという音とともに身体が弾け飛び、薔薇の生き物は石の下敷きになった。その後、復活する様子はない。

「助手さん！」

アイラはノアの手を握り、邪念のないキラキラとした瞳を向けてきた。すごく可愛い。

（ふ、不意打ちとは卑怯な！）

ノアは軽く咳払いをすると、表情筋を落ち着かせてから素っ気ない態度を演出する。

「感動しているところ申し訳ありませんが、きちんと説明していただきますよ」

「……はい」

「何を作ろうとすれば、あんな化物が生まれるんですか」

「わたしはただ、生きた宝石の花を作ろうとしただけよ」

「生きた、宝石の花？」

ノアは訝しげに眉を顰める。

「そうよ。種から芽が出て美しい宝石の花を咲かせるの。そんな鉱物は、誰も持っていないでしょう⁉　そういうオンリーワンな特別感こそ究極の映えだわ」

「……言っている意味がいまいち分かりませんが、宝石でありながら花のように生きている……キメラではなく、鉱物を作りたいということですか？」

「そうよ」

ノアはしばし考え、素直にアイラへ言葉を伝える。

「普通に考えて、無理ではないですか？」

「む、無理じゃないわよ！　この世にできないことなんてないの。どれほど時間がかかっても、困難が待ち受けていても、輝かしい未来を求めて人は色々なものを生み出してきたわ。だから、人間の可能性は無限大よ」

何が彼女の琴線に触れたのか。アイラはメラメラと瞳に闘志を燃やしながら、力強く言った。

「もう一度やるわよ」

アイラは諦めていないのか、再び地面に紋様を描き始めた。

王女への献上品を作るためでも、錬金省の予算を得るためでもない。彼女はその先の何か大きなことに全力で打ち込んでいるのだ。

空虚なノアとは違う。アイラの確固たる意志を持ち、心を燃やしている姿はとても眩しかった。

「……どうして、あなたはそんなにキラキラと輝いているのですか？」

アイラはキョトンとした顔で首を傾げる。

「そう見えるのだとしたら、わたしには大きな夢があるからよ」

「どんな夢、なのですか？」

「……笑わない？」

「笑いません」

真剣なノアの思いが伝わったのか、アイラはおずおずと語り出す。

「わたしは、この世界の隅々まで見てみたいの。大きな船に乗って旅をして、たくさんのことを知りたい。そのためには、色々なものが必要だわ。世界を渡れる船を作り上げるためには、今までにない材料と技術が必要だわ。時間がたくさんいるから、夜に作業できるくらい眩しい灯りがつけられるといいわね。旅の途中に病気や怪我をしては大変だから、人を癒やすポーションも必要ね。そのために、この国にはもっと豊かになってもらわないと！」

「……素敵な夢、ですね」

素直にノアがそう言うと、アイラは唇を尖らせた。

「嘘よ。錬金術師の学校で主席に話したら、俗物的で現実の見えていない阿呆だって馬鹿にされたわ」

「俗物的なことがいけないなんて誰が決めたんですか。……私は、一つのことに情熱を傾けられるあなたが羨ましい」

「庭師の仕事を本当はやりたくないの？」

「そうではありません。不満もないですし、生まれたときから決められていたことなので、その通りに私は動いているだけです」

ノアは中身のない第二王子としての今までの人生を思い出し、苦笑した。

「情熱って、初めから心にあるものじゃないわ。ちょっと気になるなぁとか、こうだったら便利なのにって考えたり、楽しいなって気持ちを大切にしたり、そういった小さな好奇心の欠片《かけら》が集まって、いつの間にか情熱になるの。好奇心の欠片がない人なんていないわ」

アイラの言葉に、ノアの心が大きく揺さぶられる。そして、その動揺を見透かすように、サンストーンの双眸が真っ直ぐにノアを射貫く。

「ねえ、助手さんの好奇心の欠片は何？」

……時が止まったかのように思えた。

心に沸き上がるこの感情をどう言葉にすれば、アイラに伝わるのだろう。苦しいだけじゃなくて、甘く、優しく……そして、守りたいと思った。

こんなにも何かを求めたのは初めてで、空虚な器が色々な感情で満たされていく。そして同時に、今のノアでは彼女に置いていかれるような気がして、繋ぎ止めるためにアイラを抱きしめたい衝動に駆られる。

「なーんてね。プライベートなことだし、話さなくていいよ。試作品作りの続きをしよう？」

アイラの言葉に、ノアはハッと伸ばしかけた手を引っ込める。

「ねえ、助手さん。わたしの錬金術がどうして失敗したんだと思う？」

「私は錬金術の初心者なのですが」

「初心者だからこその囚われない意見を聞かせて！　鉱物を作ったのに、どうしてキメラができるのよ！」

ノアは素材それぞれの特徴を思い出し、大きな違いがないか分類していく。

「……ふむ。魔石の粉と宝飾品は無機物です。けれど、植物の種は命があります。だから鉱物ではなく、生き物に変化したのでは？」

「それだぁぁああ！」

アイラは人差し指を天にかかげながら叫んだ。

「薔薇の構造情報を組み込むためには、種を使用するのが一番効果的だと思っていたけれど、それが間違いだったのね。種を使わずに……って、それは無理だわ。薔薇の構造情報ってわたしは詳しくないし。伝導率を高めるためにつなぎを入れる手もあるけど、ワインを混ぜると見た目が悪くなるし……でも強い生命力のある素材を入れないと、形としてまとまらないわ」

アイラの小さな呟きをノアはしっかりと聞いて考える。

「命がなく、生命力に溢れたもの……そうですね。ここにあるものだと、水はどうですか？」

「水なら透明だし、何より雨水を使えば太陽の力も加えることができる。でかしたわ、助手さん！」

アイラは近くにあったボロボロのバケツで噴水に溜まっていた雨水をくみ上げると、先ほどと同じように紋様の描かれた地面の上に素材を置く。そして、ゆっくりと雨水をかけながら魔力を流した。

「錬成《アルキュミア》」

今度は淡く薄緑色に光り、溶けた素材が形を作っていく。そしてできあがったのは、指でつまめる大きさの茶色い雫型の種だった。

「で、できたわ。助手さん、水の中にこの種を入れてみて」

アイラは自分で試すのが怖いのか、緊張した様子でノアに種を渡す。

ノアは受け取った種を噴水の中にそっと落とした。すると、種はすぐに二倍ほどの大きさへと膨れあがり、殻を割って緑色の芽が出て一気に植物へと成長していく。

やがて、三十センチほどのみずみずしさを感じさせる透き通るようなエメラルドの茎と葉に、シトリンとブラウントルマリンの精緻な向日葵の花を咲かせ、太陽へと一途に顔を向けている。

「……綺麗、ですね」

本来、あり得ないはずの鉱物の植物。生まれて初めて奇跡という現象を目の当たりにして出た言葉は、自分でも驚くほどに単純だった。

「成功だわ！」

アイラは飛び跳ねながら、全身で喜びを表現する。それを可愛いなぁと思いながらも、ノアは冷静に花を観察した。

「喜んでいるところ申し訳ありませんが、これは薔薇じゃなくて向日葵ですよね？」

ラウシェンバッハ王国の王女が好きなのは薔薇で、アイラもそれを作ると言っていたはずだ。そう疑問に思って問いかけたのだが、彼女は照れくさそうに笑みを浮かべる。

「仕方ないじゃない。薔薇って熱心に観察したことがないから、構造とかよく分からないし。それ

に、助手さんの好きな花って知らないし」

「私の好きな花、ですか？」

「そうよ。試作品は助手さんにあげようと思って作ったの。王女様には悪いけれど、世界で一番最初に作った花をあげる。わたしの好きな花で申し訳ないけれど、受け取ってくれると嬉しいわ」

「私の一番好きな花は向日葵です」

花などどれも一緒と思っていたノアだったが、今、この瞬間に向日葵が好きな花の不動の一位となった。

「わたしと一緒ね。可愛いし、種は保存食にもなるし、とっても素敵な花よね」

そう言ってアイラは向日葵を掬い上げると、バケツの中に入れてノアへと手渡した。

「ありがとう、助手さん。今までで一番楽しい錬金術だったわ。この向日葵を大切にしてくれると嬉しい」

白衣は破れているし、手は泥が付き、髪も乱れている。それなのに、自分に向けられたアイラの笑みが、今まで見た何よりも美しく感じ、強く心を掴む。

そして、ストンとこの恋には抗えないのだとノアは納得した。子どもの頃でも、今より先の未来でも、アイラに出会ったらノアは簡単に恋に落ちてしまうのだろう。

「……私にも、情熱を向けるものができました」

自分の気持ちを認めた瞬間、ノアは優秀だと褒め称えられた頭脳を回転させて、あらゆる可能性や障害をシミュレートする。

そして、今のままではアイラと結ばれるのは無理だという結論に達すると、決意に満ちた瞳で彼女に詰め寄る。

「夢を手伝わせてください！　アイラの夢は私の夢でもありますから」

「庭師の仕事はどうするの？」

今、ここで自分は第二王子だと本当のことを言ってしまいたい。彼女に嘘を吐くのは心が痛い。

けれど、それでは彼女と結ばれる運命は掴み取れない。

そんな心の葛藤をしていると、アイラが不安げな顔でノアを見上げる。

「わたしの夢……叶うと思う？　無理だって思わないの？」

「あなたなら絶対に叶えられますよ。それに、私も手伝います。ひとりよりもふたりの方が、確率は上がるでしょう？」

「……ありがとう」

アイラの夢は、多くの者に幸福を与える。だからこそ、彼女らしく前に進めるように、ただのノアとして……そして、スペアの第二王子としても手助けをしたい。

彼女の思いを踏みにじるようなヤツらから、絶対に守ってみせる。それこそが、情熱という感情を手に入れたノアの新しい生き道だった。

「ねえ、助手さん。次はいつ会える？」

「仕事があるので、今は決められないですね」

「じゃあ、わたしはまたここに来るわ。この庭の手入れは助手さんのところがやるのでしょう？」

「そうですね」

ノアが嘘を吐くことを苦々しく思いながら頷くと、アイラはバツの悪そうな顔をした。

「わたしね。今日飲んだ徹夜用ポーションのせいで、人の顔とか食べた物とかをしっかりと認識できないの。脳の疲労を最低限にするために、研究以外の情報の取捨選択をしているから」

「ということは、私のことも忘れてしまうのですか?」

「いいえ。多少は記憶が薄くなるし、顔も認識できないけど……実験を手伝ってくれたし、ちゃんと助手さんのことは覚えているわ。けれど、次に会ったときは、あなたから話しかけてね。そうじゃないと、わたしが助手さんだって気づけないから」

顔を認識できないのなら、次に第二王子として会ってもアイラはノアが助手だと気が付かないはずだ。

都合が良いと思いながらも、彼女と王宮ですれ違ったとしても他人としか認識されない事実に心が痛む。

アイラはこれから、規格外の錬金術師として、この国だけでなく世界へと知られていくだろう。そうなれば、ただの助手だったノアのことなど簡単に忘れてしまうのではないか。そんな不安が心に広がった。

けれど、表情には出さない。たとえ、彼女がノアの表情を認識できなくとも、また今日という特別な日を語り合えるように、別れの顔は笑顔でいたい。

「はい。必ず」

そして、ノアはアイラと別れた。

我がリンステッド王家だけではない。あらゆる国や組織の思惑からアイラを守れるように、ノアはこれから兄たちを騙しながら水面下で動かなくてはならない。手始めに、唯一信頼できる幼馴染であるユージンを使って、アイラの周辺の警護を固める。

「……絶対に手に入れてみせます」

こうして、恋した相手と添い遂げる未来を掴み取るために、空虚な人間だった第二王子ノア・ファビウス・リンステッドは生まれ変わるのだった。


一目で高級だと分かる家具が配置された、白と黒を基調とした部屋にはあまり生活感が感じられない。主の華やかな外見とは裏腹に、どこか物寂しい印象を受ける。

しかし、ただ一つの置物だけは生命力に溢れていた。淡い水色の透き通ったガラスの器の中には水が張られていて、夏の清涼な小川を連想させる。そして、水の中に根を張り、太陽の光が溢れる窓に向けて咲き誇る宝石の向日葵が美しい。

ノアが治験もしていないポーションを一気飲みして倒れた後、ユージンの手引きでアイラも住んでいる離宮のノアの私室に運ばれた。

あれから数時間。ノアは死んでいるのかと勘違いするほどに深く眠っている。

「……わたしってば、本当に馬鹿」

いきなりいなくなったら心配するだろうと、アイラはユージンには酷く叱られた。

どうやら、禁書が保管されていた書庫は、第二王子のノアにすら知られていない場所だったらしく、日付が変わっても戻らないアイラをとても心配していたそうだ。他のメンバーには、アイラは錬金術の素材を採集しに出ていていると伝えられており、ノアとユージンで王宮内を秘密裏に探していたそうだ。

「……ノア」

好きな人には心配をかけたくない。そう思ってのアイラの行動だったが、好きな人が自分に相談もなく危険な目に遭うのがこれほど辛いだなんて……。

ユージンには、『相談しないっていうのは、頼りない人間だって言っているようなものだよ。男心は飴細工のように繊細なんだ。分かっていない！』と、珍しく得意げに言われてしまった。

「脈拍は弱い、体温も低い……けれど、今のところは危ない状況ではないわ。黒い羊の角の痣も消えたし、ポーションは成功のはず」

自分に大丈夫だと言い聞かせるようにアイラは呟く。

今回の錬金術による記憶喪失は、簡単に言うと表層にある記憶だけ抜き取られた状態だ。記憶の源泉自体は、精神の奥深くに厳重に封じられているため、今回のような短時間で記憶を抜き取るような錬金術では影響はない。

しかし、厳重に封じられているため、抜き取られた記憶の分を表層へ補充するのは、通常生活や治療では難しい。

そこで、アイラは擬似的に走馬燈を起こすことで、記憶の源泉を引き出すことにしたのだ。……その方法とは、一時的に肉体を仮死状態に近づけること。それにより、失われた記憶を走馬燈として追体験しているのだ。

「ノアはいったいどんな記憶を見ているのかしら」

ベッドの側でひんやりとした彼の手を握り、アイラはひたすら彼の無事を祈る。

そうして時間が経ち、日が陰って向日葵が蕾に戻った頃。握っていたノアの手がピクリと動いた。次いで、彼の瞼が開かれる。

「……アイ、ラ……」

ぼんやりとしたノアの視線が、アイラと重なった。

彼が目覚めた嬉しさと安堵と、ドキドキと……色々な感情が入り交じるが、まずは現状報告をとアイラは口を開く。

「大好きよ、ノア！」

「え、ええっ⁉」

常に余裕な態度を崩さないノアにしては珍しく、素っ頓狂な声を上げた。

「ごめんなさい。結論から言ってしまったわ。まずは触診がてら、あなたがポーションを飲んで倒れてからの経過を――」

「少し待ってください。思考が追いつかない」

ノアは身体を起こすと、呆然とアイラを見つめる。頼りなさげで、実年齢より少し幼く見えて可愛らしい。アイラはノアが固まっている隙に簡単な触診をしていく。

（どこも正常ね。右足の痣も消えているわ）

念のため、ノアの肌に触れて魔力を探ってみるが、何も感じられない。錬金術は完全に消え去ったようだ。最後に聴診器を当てて心臓の音を確認すると、少し鼓動が早いようにも感じられたが、まあ問題にするほどではない。

アイラがホッと胸をなで下ろすと、ノアが震える声で問いかけてくる。

「今から重要な質問をします。……それは、恋愛的な意味ですか？」

「そっちの質問なの？　まあ、恋愛的な意味ね。ノアが言ったのよ。契約結婚相手だからって、好きになってはいけない決まりはないって」

言いたいことが言えてスッキリした。アイラがそんな意味も込めて笑いかけると、ノアは潤んだ瞳で目を逸らし、耳まで真っ赤にさせる。

「う、嘘でしょう。あのノアが照れているわ。この結果を狙っていたのに」

「欲しかったものが手に入ったのが、初めての経験でしたから……いざそうなると、気恥ずかしいものですね」

「ピュアか！　わたしを恋に落とすために、色々と策略を巡らせていたくせに」

「計画通りにはいきませんでしたよ。あなたは思っていたよりも頑なでしたし、記憶を失っている間は……若さ故の過ちといいますか。素直に行動できない部分もあって、今思えば愛想を尽かされる可能性もありましたからね……」

ノアの不安には、アイラも覚えがある。十九歳のノアとのすれ違いを思い出して、小さく噴き出した。

「わたしの方が、愛想を尽かされたのかと思ったわよ。……記憶をなくしたときのことも、しっかりと覚えているのね」

「人格が変わった訳ではありませんからね。アイラが出会った十九歳の私もまた私に変わりありません」

記憶を失っていたときのことを別人として認識してしまうか心配だったが、杞憂のようだ。アイラにとっては、十九歳のノアと過ごした日々もまた特別だった。恋心を自覚したきっかけでもあったし。

「ノアが助手さんだってこともどうして黙っていたのよ。わたし、毎週あの庭園で待っていたんだから」

抗議の意味も込めてそう言うと、何故かノアは蕩けるような笑みを浮かべる。

「知っていましたよ。遠くからこっそり見ていましたから。私のことを心の奥で想ってくれるアイラを見ていると、頑張ろうという気になりました」

「……ストーカー行為よ、それ」

「ですが、まだ会う訳にはいきませんでした。アイラを手に入れるために、外堀を埋める時間が必要でしたから。それに、こうしてまた再会できたのですから、約束は守りましたよ」

「あなた結構腹黒いわよね。……言葉もしっかりしているし、脳にも異常はないみたいね。ポーションは成功と言っていいでしょう」

アイラは呆れ混じりに溜息を吐くと、ノアから少し距離を取る……が、それを許さないとばかりにノアが後ろから抱きついてきた。

「アイラ」

「な、な、なぁぁぁあ⁉」

想定していなかった身体的接触に、アイラは焦った。耳元でノアの息遣いが聞こえる。

「両思いになった現実を噛みしめたくて」

「離れてよ！」

自分から触るのはいいけれど、ノアから触られるのは心の準備ができていないせいか、心臓に悪い。

アイラはノアの腕を振り払おうと藻掻くが、一向に拘束は緩まない。それどころか、さらに身体を密着させてきた。

「さっきはあんなに積極的に触ってくれたではありませんか」

妙に色気のある声でノアが言った。コイツ、面白がっていやがる。

「あれは触診だから！　今は仕事中よ。これから、ユージン師長にノアが目覚めたことを報告しに行かなくちゃ」

「確かに仕事はきちんとやらなくてはなりませんね」

さすが優秀と名高い第二王子様。仕事という単語に反応し、アイラから身体を離した。

服を整え、顔の火照りを落ち着かせると、ノアが真剣な顔でアイラを見る。その雰囲気に呑まれ、緊張からアイラの喉がゴクリと鳴る。

「ユージンへの報告の前に、アイラへ話さなくてはいけないことがあります。記憶を抜き取られる前に私が見た……犯人の姿を」


ゆらりゆらりとランタンの光が王宮の建物を繋ぐ外の回廊を照らしていく。そして小さくコツコツと靴音が響いた。

回廊から外れ、木々の生い茂る人気のない中庭に現れたのは、フードを深く被った年若い侍女だ。侍女は周囲を見回すと、中庭で一番背の高い木の側に立った。すると、木の陰から藍色の質素な仮面を被った青年が現れた。

侍女は何も声をかけずに青年に近づくと、ポケットから乱雑に折り畳まれた紙を取り出した。そして紙を、すれ違いざまに渡してその場から去ろうとする——が、行く手を遮るように、ギョロリとした赤い目に黒い鱗を持つ蛇が現れた。

蛇を見て、侍女は悲鳴を上げかけるが、すんでのところで押し殺す。少し離れた場所でそれを見ていた青年は、慌てた様子で侍女とは逆方向に逃げようとした。

「ひぃっ」

突如、青年の首元に銀色の剣が突きつけられる。青年は恐る恐る目線を動かして様子を窺うと、そこには真っ黒なローブを着込んだ男がいた。

「……ファントム」

ローブの男が呟いた。その瞬間、青年がローブの男の足を強く踏んで体勢を崩し、腰から剣を引き抜く。

「くっ」

ローブの男も負けじと剣を構えて反撃に移ろうとするが、それよりも早く青年の剣先が喉元に突きつけられた。

「二度はやられませんよ」

青年は和やかにそう言うと、藍色の仮面を外す。そこには、第二王子ノアの美しい顔があった。

ローブの男は悔しそうに奥歯をギリリと噛みしめると、蛇のキメラ――ファントムへと視線を移す。

ファントムはローブの男の命令通りに侍女に襲いかかろうとするが、彼女は腰から取り出した瓶を叩きつけてファントムの動きを止める。

「ニケ先輩！」

鈴を転がすような声で侍女が叫ぶと、鋭い爪を持った大きな猫——ケット・シーがキメラへと攻撃を仕掛けた。

「おいしそうです」

普通の蛇よりも大きなキメラを、ケット・シーは慣れた動作で切り裂くと、そのまま齧り付こうとした。するとそれを建物の陰で様子を窺っていた宮廷錬金術師のジュディ・ミリガンが出てきて止めた。

「それぐらいにして。お腹壊すわよ」

「……にゃぁん」

ケット・シーはしょんぼりとしながら尻尾を丸める。

ジュディはそれを無視すると、白衣のポケットから何かを取り出して放り投げた。その何かはあっという間に二メートルほどの大きさとなり、ウネウネとした蔓を持ったキメラへと変貌する。

蔦でファントムを捕まえると、そのままキメラの大きな口の中に入れた。咀嚼しているのか口が波打ち、それが終わると全身が徐々に黒く染まり、やがて身体がパラパラと灰のように崩れていく。

「いやぁ、上手くいって良かったよ」

安全が確保されたと思ったのか、錬金省の長ユージン・レイノルズが気弱な顔で現れた。

そこまで見届けて、ローブの男は諦めた。

「どうしてなんですか……ウェストン公爵」

フードを取った侍女の顔は、自分の愛する少女だったから。

「ここで他国と通じているスパイと侍女が取引をする……という情報はガセだったのか」

ノアに剣を突きつけられながらも眉一つ動かさないカーティスを、アイラは困惑の表情で見つめる。

「……あなたのためにやった。と言っても、信じてもらえないのだろうな」

「わたしのため？」

訝しげに問いかけると、カーティスは淡々と言葉を紡ぐ。

「あなたを愛していたから。欲深い貴族を、売国奴を、あなたの未来に必要ない醜いものをすべて消し去りたかった。けれど、突き詰めて考えれば自分のためと言われても仕方ない」

「なるほど。酷い言い訳ですね。アイラは被害者たちを見て、喜んだりする人間ではありませんよ」

「その様子だとノア、記憶は戻ったのか。絶対に解けないという触れ込みの錬金術だったのだが」

アイラはもはや残骸と成り果てた蛇のキメラを見た。

「……あの蛇のキメラの素材がなんなのか。ウェストン公爵はご存じですか？」

「知らないな。しかし、予想は付く。禁忌に手を出した錬金術師だろう。でなければ、あれほどの知能と錬金術は使えまい」

「そうです。そして、素体とされた錬金術師はもう……人間には戻れない。ウェストン公爵が手を組んだ相手は、とても恐ろしい錬金術を平気で使います。それなのに、信用できるというのですか?」

「できないな。俺は都合よく使っていただけだ」

カーティスは怖いほどに淡々としていた。

「それよりもよく犯人が俺だと分かったな。ノアの記憶が戻る前から動いていないと、俺に感づかれるはずだろう?」

その質問に答えたのは、錬金省の腹黒狸ことユージンだった。

「まあ、苦労したよね。だけど、当たりは付けやすかった。初日のみ大人数の被害者なのは、事前に下調べができていたから。そうなると、客室の部屋割りを知っている者。二度目以降はいずれも人気のない場所で起きていることから、被害者を間違えないように目視なんかできちんと確認している可能性が高い。つまり、犯行時間に王宮にいた者」

そして、ユージンはニヤリと笑みを深める。

「最後に、重犯罪には手を染めていないノアを襲ったこと。これだけは多少なりとも私怨が入っているかな、と思ったんだよね。そこで、ノアに恨みを抱いていそうな相手を絞り込んだ。けれど、それでもまだカーティスを含めて五人いたんだよね。側には君もいるし、僕とノアも動きが取り辛かった」

「……相も変わらず、くえない男たちだな」

アイラも内心で頷いた。ユージンとノアがここまで犯人を絞り込み、カーティスも疑って行動していたなんて知らなかったのだ。

まあ、知らされていたとしても、アイラでは足を引っ張る可能性が高いが。

「それはお互い様ですよ。アイラのポーションが完成せず、私があなたに襲われていたことを思い出せなければ、逃げられていたでしょうしね」

「そうだな。キメラに接触はあったが、犯人を割り出すほどの情報ではない。なかなか手に入らなかったスパイの情報が手に入ったのだから、これを逃す訳にはいかない。だから動いた。まあ、罠だったが」

「抵抗はしないのですね」

ノアはカーティスの首に剣を添えた。カーティスは両手を上げて降参のポーズをとる。

「俺の負けだ。潔く捕まろう。取り調べでも、嘘偽りなくすべて話す。だから少しだけ……アイラと話をさせてくれ」

「……いいでしょう」

ノアは渋々といった様子で剣を下ろした。

「身分制度によって、平民は貴族に従うしかない。貴族も生まれた家の派閥に縛られ、自分の本当の意見など言えずに上の考えに頷くだけ。外交官という仕事も、足の引っ張り合いばかりして、コネがまかり通り、優秀な者を引き摺り下ろそうとする。四年前、信頼していた同僚に嵌められて、管理していた隣国の王女への献上品を盗まれたとき……俺は、この世界はなんて醜いんだろうと思った」

カーティスはアイラの前に立つと、先ほどの淡々とした様子からは打って変わって、苦しそうな表情を浮かべた。

「上司も、同僚も、同じ派閥の貴族たちも、誰も俺を罵った。そして俺も、自分の人生を諦めた。けれど、あなたは今までにない美しい薔薇の置物を俺に託し、『あなたは悪くありません。だからこれを自分のために使ってください』と言ってくれた」

「でもそれは……追加の予算が欲しかっただけで……」

闇市に横流しされていたことから、献上品は誰かが盗んだということは分かっていた。ならば、献上品の管理者が盗むことは考えにくい。管理不行き届きで処罰されるのは、目に見えているからだ。

アイラはただ、管理していた新人の職員ならば、薔薇の置物を有効活用してくれるだろうと思っただけだ。自分の欲のために動いた。それだけの話だったはず。

「それの何がいけないんだ。私財を使って献上品を作り、俺を助けてくれた。……助けてもらえるなんて思ってもみなかったんだ。恋をするには、十分な理由だろう？」

恋、と言われてアイラは頬が紅潮する。

（今……この場面で、わたしに結婚詐欺をするはずないものね。ウェストン公爵は、本当にわたしのことが……好き、だったんだ）

動揺するアイラを尻目に、カーティスはさらに語り出す。

「錬金術師として頭角を現していくアイラを見て、俺は釣り合うような人間になりたいと努力してきた。そして、仕事にのめり込むほどに身分社会というものなどなくなってしまえばいいと思った。努力し、優秀な者ほど報われるべきだ」

カーティスほどの地位の貴族が身分社会を否定するなんて……アイラは想像もつかなかった。そして、その影響を与えたのは、間違いなくアイラだ。

「アイラ。王族は決して、あなたの味方じゃない。錬金術師としての才を利用し尽くすつもりだ」

ドキリと心臓が波打つ。

アイラもそれは理解していた。利用価値がなければ、禁書の書庫への立ち入りを許可されるはずがない。

(でも……わたしだけの王子様を助けるためだったら利用されてやるし、わたしだって利用するわ)

今のアイラには二つの夢がある。それを叶えるためにだったら、なんにでも立ち向かう。それに……アイラはひとりじゃない。共に夢を叶えてくれると誓ってくれた人がいるから。

「なるほど。だから、私を襲ったのですね」

ノアが口を挟むと、カーティスはあからさまに不機嫌になった。

「先にアイラと結婚して王族から引き離す予定だったが、誰かさんに邪魔をされたのでな。冷徹で用意周到なお前のことは、昔からよく知っている。この結婚は、王族がアイラに首輪を付けるための契約だろうと思っていた。けれど違った。アイラを見ていれば分かる。非常に憎たらしいし、認めたくはないが……この男だけは、何があってもアイラの味方だ」

「そうですね。とても信頼しています。わたしの愛する夫ですから」

アイラが助手さんと出会って、ノアと契約結婚をして、初夜では色々戸惑うこともあったけれど……彼は常にアイラを思いやってくれた。舞踏会のときも、記憶を失ったときも。きっとそれはこれからも。

アイラはノアにもらってばかりで、少しでも想いを返したいと願った。

「……あなたが幸せなら、それでいい」

寂しくも、少しだけ嬉しそうにカーティスは言った。

「私も、幸せですよ！」

しんみりとした雰囲気を壊すように、ノアがアイラとカーティスの間に割り込むのであった。

エピローグ

カーティスが逮捕された後、アイラは錬金省で事後処理をして離宮へと戻ってきた。食事はサンドウィッチをつまんで済ませ、自室で明日以降の仕事の予定を立てる。

ノアが身をもって証明してはいるが、記憶を戻すポーションの効果を確かめるために明日から治験を行わなくてはならない。犯人は捕まったけれど、まだまだアイラの忙しさは続きそうだ。

カーティスについてだが、罪を全面的に認めて、事件のすべての情報を余すことなく開示している。カーティスは持っていた各貴族の悪事についての情報の譲渡、今後ウェストン公爵家は貴族派を解散して国王に恭順するなど上と密約を交わしたため、表向きの処罰はそれほど重いものにはならないらしい。けれど、ウェストン公爵家としては国に手綱を握られた状態だ。以前のような影響力はもう持てないだろう。

「……あの錬金術はすごすぎるわ。たぶん、この国で生み出された訳ではない」

ノアの報告待ちだが、あのキメラを生み出した錬金術師がどこの出身かはおおよそ予想がついている。王宮にある禁書の出版元のほとんどが、錬金術の総本山であるサイード神国のものだった。あの国は鎖国しているが、優秀な錬金術師ばかりだという。

また、アイラが禁書を閲覧した件だが、国王とエルザ、王太子、それにノアとユージンだけの秘密とされた。禁書保管庫の鍵も返却しなくていいと言われている。

「これは間違いなく、これからも何かあれば禁書を研究しろってことよね」

さすがのアイラにも国王たちの考えていることは分かる。錬金術師としてのアイラを国のために利用し、何かあれば堕ちた錬金術師として処罰するのだ。

「清濁併せ呑むというか、なんというか……わたしも王族の一員になったということかしら」

なんとも面倒な立場になったが、今のアイラは楽観的だった。何故なら、アイラの隣にはノアがいる。信頼できる彼となら、どんな困難にも敵にも立ち向かっていける。

今回のようにこの国を――大切な人たちを錬金術師が狙ってきたときは、アイラが禁術から守ってみせる。

「もっと、もっと頑張ろう。大いなる夢のために！」

アイラは両頬を叩き、気合いを入れる。そして、一瞬……ノアと共に船に乗って世界を巡る想像をすると、書類仕事に戻った。


そして、一段落してもう寝ようと思った頃。アイラの部屋にノックの音が響いた。

時計の針は既に日付を跨いでいる。誰だとドアを少し開けて様子を窺えば、そこにはしっとりと濡れた髪で、ゆったりとしたシャツにスラックスという格好をしたノアがいた。

「ノア、こんな夜更けにどうしたの？」

アイラはノアの両手に抱えられている、使い古した枕を見ないようにした。

「ご報告に参りました。カーティスと繋がっていたのは、サイード神国の錬金術師のようです。それも、かなり高位の」

「やはり、そうなのね」

「カーティスに魔力はありませんが、被害者から抜いた記憶を餌にしてキメラを動かしていたようですね」

禁忌の錬金術は燃費が悪い。高価な素材を多く使用するのだ。どの禁書でも一番簡単に手に入る素材は、生け贄だと書かれていた。

言い方は悪いが、キメラを動かして罪を犯した人たちを殺す方が効率的だ。それなのに、カーティスは悪事を働いたときの記憶を抜くだけにした。更生の機会を与えた……そんなふうに捉えるのは、悪いことだろうか。

アイラが思考の渦に嵌まっていると、ノアが眉間に皺を寄せた。

「……私は今、嫉妬しています」

「どうしたの、いきなり」

「いえ。アイラの前では、内に負の感情を秘めていると、あまり良い結果にならないことを学んだので。積極的に気持ちを言動に表そうかと」

「前々から、気持ちが言動と連動していたように思えるけど」

アイラはノアの抱えた枕が視界に入らないように顔を背けた。

「さあ、アイラ。一緒に寝ましょうか」

アイラは溜息を吐くと、扉を大きく開いた。

まあ、十九歳のノアとは一緒に寝なかったけれど、その前は一応一緒に寝ていた。今更、動揺することでもない。

「……分かったわ。今日は疲れているから早く寝ましょう」

アイラの決断とは裏腹に、ノアは部屋の前で立ち止まったまま首を傾げている。

「ところで、アイラの騎士が見当たらないのですが、どこに隠しているのですか？」

どうやら、植物キメラの守るくんがいなくて不思議に思っていたようだ。

「庭に植え替えたの。どうせここで御茶会とかは開かないし、警備に役立つと思って」

アイラは淡々とした声音でそう言った。耳にバクバクと心臓の音が響き、顔が熱を持っている気

がするが動揺なんてしていない。

「……入らないの？」

「いいえ、入ります！」

ノアが部屋に入ると、アイラは嬉しさで顔を綻ばせながら、静かに扉を閉めるのだった。

転生錬金術師が契約夫を探したら、王子様が釣れました

*この作品はフィクションです。実在の人物・団体・事件・地名・名称等とは一切関係ありません。

2025年4月20日　第一刷発行

著者 ………………………………………… 橘 千秋
©TACHIBANA CHIAKI/Frontier Works Inc.
イラスト ………………………………………… めろ
発行者 ………………………………………… 辻 政英
発行所 ………………………………… 株式会社フロンティアワークス
〒170-0013　東京都豊島区東池袋3-22-17
東池袋セントラルプレイス5F
営業　TEL 03-5957-1030　FAX 03-5957-1533
アリアンローズ公式サイト　https://arianrose.jp/
フォーマットデザイン ………………………………… ウエダデザイン室
装丁デザイン ………………………………………… ウエダデザイン室
印刷所 ………………………………………… シナノ書籍印刷株式会社